CHRONOLOGIE

DU Moyen Âge

Du même auteur

Histoire de la Catalogne
(en collaboration avec Marie-Claire Zimmermann)
PUF, « Que sais-je ? », 1997

La Catalogne
(en collaboration avec Marie-Claire Zimmermann)
PUF, « Que sais-je ? », 1998

Auctor et Auctoritas. Invention et conformisme dans l'écriture médiévale
(ouvrage collectif dirigé par Michel Zimmermann)
École des chartes, 2001

Écrire et lire en Catalogne. IXe-XIIe siècle
Casa de Velázquez, 2003

Michel Zimmermann

CHRONOLOGIE DU Moyen Âge

Points Histoire

ISBN 978-2-7578-0221-2

INTRODUCTION

La périodisation académique traditionnelle réserve le nom de Moyen Âge à l'époque comprise entre l'Antiquité et les Temps modernes, entre le Ve et le XVIe siècle. La rupture de l'unité du monde romain marque le commencement du Moyen Âge, et il a paru commode de faire débuter la période en 476, au moment de la disparition du titre impérial en Occident. Mais cette date a surtout pour l'historien une portée symbolique. Pour ce qui est de celle marquant le terme de la période, les historiens sont partagés entre 1453, qui est la date de la prise de Constantinople par les Turcs, 1457, celle de l'invention de l'imprimerie, et 1492, date de la découverte de l'Amérique par Christophe Colomb et de l'élargissement des horizons européens à tout un nouveau monde.

Le Moyen Âge dure donc un millénaire et ce serait une gageure de vouloir proposer une chronologie exhaustive de la période. D'une part, il faut s'efforcer de recenser les événements qui méritent d'être retenus pour leur portée historique, c'est-à-dire pour les changements qu'ils ont introduits et l'influence qu'ils ont exercée sur la société qui les accueille. D'autre part, il importe de définir des perspectives, car l'histoire du monde est à cette époque dispersée en plusieurs espaces cloisonnés et sans communication entre eux. Nous devons donc proposer une chronologie raisonnée et sélective.

Nous avons choisi de privilégier l'Europe, et plus particulièrement l'Europe occidentale, dans cette présentation du Moyen Âge. La période y représente en effet un changement majeur par rapport à l'époque romaine : changement de civilisation avec le triomphe et l'expansion du christianisme, mais aussi transformations géographiques avec l'incorporation de nouveaux partenaires à une histoire commune et déplacement vers le nord et l'espace continental du centre de gravité d'une Europe jusque-là tournée vers la Méditerranée. À plus d'un égard, c'est au Moyen Âge que se construit la réalité géopolitique de l'Europe ; c'est cette construction présente qui a servi de fil conducteur à l'élaboration de cette chronologie. Il est aisé de constater que la carte actuelle de l'Europe est pour l'essentiel constituée dès l'époque médiévale et que l'origine des États aussi bien que les revendications nationales s'y enracinent. L'Europe occidentale constitue dès cette époque un espace culturel homogène caractérisé par l'usage commun de la langue latine et la pratique d'un christianisme « romain », en communion avec les usages du siège de Pierre, puis, à partir du XIe siècle, sous l'autorité du pontife romain, « vicaire du Christ ». Le concept de Moyen Âge, dont nous évoquerons l'origine et la signification, est commode et admis par tous pour désigner la période séparant l'Antiquité des Temps modernes, mais il n'est pertinent que pour caractériser l'histoire de l'Europe occidentale, même s'il a par la suite été utilisé de manière analogique pour décrire des sociétés présentant d'évidentes affinités avec celle de l'Europe médiévale. La construction géographique, politique et idéologique qu'il nourrit naît d'un regard porté sur l'histoire de la période par les Européens des générations ultérieures. Il n'est absolument pas apte à décrire les civilisations voisines avec lesquelles l'Europe en formation s'est trouvée en contact : l'Islam, mais aussi l'Europe orientale byzantine où se perpétue un Empire romain devenu grec, à plus forte raison les mondes orientaux ou africains qui ne nouent des liens avec elle que tardivement et sporadiquement. La chronologie fera cependant une place importante aux civilisations voisines de l'Europe, parce que la civilisation médiévale s'est construite avec elles, tantôt contre elles, tantôt grâce à elles, et que des courants d'échanges et d'influences existent pendant toute la période entre l'Europe et ses voisins. L'Europe occidentale n'a pas le monopole du christianisme. L'héritage chrétien est partagé d'abord avec les communautés qui avaient adhéré aux hérésies christologiques et qui ont été pour la plupart englobées dans le monde musulman, ensuite avec l'autre chrétienté, grecque et byzantine, où se perpétue l'Empire romain. Le Califat musulman, en ce qui le concerne, s'est en partie construit aux VIIe et VIIIe siècles au terme de conquêtes effectuées aux dépens du christianisme, mais entre lui et l'Occident chrétien s'effectuent d'importants échanges commerciaux et culturels, se dessinent même des lieux de convivialité, en Espagne par exemple, capables de nourrir un certain syncrétisme, comme en Sicile. Si la période médiévale est celle où l'Europe élabore son identité et les bases de sa primauté, elle est aussi celle où des transmissions et des influences, des confrontations avec ses voisins alimentent cette genèse identitaire. Nous avons cru utile de diviser notre chronologie en plusieurs séquences qui ne correspondent pas seulement à des étapes se succédant dans le temps, mais représentent aussi les étapes décisives de la construction de l'Europe. Le millénaire médiéval n'est pas la période quelque peu indifférenciée que se représente encore aujourd'hui le commun des Français. La formation de l'Europe se fait lentement et ne se traduit pas immédiatement en termes de puissance. En mille ans, l'histoire n'est pas restée immobile ; elle est scandée par des moments très différents. Les historiens distinguent trois temps dans la période médiévale : le haut Moyen Âge (500-950) qui correspond à la formation de royaumes chrétiens sur les ruines de l'Empire romain, puis à leur unification progressive sous la direction du peuple franc et de Charlemagne, ainsi qu'à l'édification d'une nouvelle civilisation, fondée sur le christianisme. Durant cette époque de construction, l'Europe reste peu importante comparée aux civilisations voisines, en particulier l'Islam qui atteint alors son apogée. Une deuxième période (950-1250) est parfois appelée le Moyen Âge central, le Moyen Âge proprement dit ou le vrai Moyen Âge. Elle correspond à l'apogée de la chrétienté occidentale et représente une époque d'exceptionnel essor de l'Europe occidentale, tant sur le plan politique que dans le domaine économique. Il en résulte un véritable retournement de la conjoncture qui entraîne une ouverture de l'Europe aux mondes extérieurs, sous la forme d'échanges économiques, d'expansion commerciale et d'expéditions militaires comme les croisades. La période 1250-1500 est parfois appelée bas Moyen Âge ou Moyen Âge tardif. Naguère encore, les historiens la caractérisaient comme un temps de crise. Elle est certes marquée par des troubles et des difficultés (guerres, peste noire, famines), mais c'est aussi une période de mutations au cours de laquelle se constituent les fondements de l'État moderne et d'où, à partir du milieu du XVe siècle, émerge un monde nouveau. L'Europe est désormais en mesure d'entreprendre sa découverte du monde et son expansion planétaire. La chronologie privilégie donc deux types de faits : les événements politiques et les faits de civilisation qui inaugurent des mutations majeures dans la vie collective des sociétés, en particulier dans le domaine culturel. Certes, l'Europe ne naît pas de rien ; elle se nourrit d'héritages et se construit sur des fondements antiques qui se perpétuent tant dans les institutions que dans la pensée médiévale, même transformés dans leur signification : ainsi, l'idée d'empire et la nostalgie d'un pouvoir universel. Mais les bases nouvelles sont plus importantes. La construction de l'Europe est un phénomène à la fois politique et culturel ; elle est coextensive à l'expansion du christianisme. L'époque médiévale traduit la volonté de mettre en place un ordre chrétien, d'incarner dans la vie des hommes et de traduire dans leurs institutions une religion révélée et la promesse de salut qu'elle contient. Mais cette volonté est tributaire des hommes, de leurs faiblesses, de leurs rivalités et de leur diversité. Aussi cette unité qui fonde l'Europe doit-elle s'accommoder de la dispersion et de la pluralité des pouvoirs. L'affirmation politique de l'Europe s'enracine en même temps dans l'unité de civilisation et la diversification croissante des pouvoirs. L'unité de l'Europe en formation, reposant sur la civilisation chrétienne, et sa diversification politique sont deux phénomènes contemporains qui interfèrent constamment l'un avec l'autre et génèrent des conflits. Le christianisme fait l'Europe, mais le cadre de l'Église institutionnelle qui dirige, contrôle la christianisation et se pose en garant du maintien de cette unité, est souvent ressenti comme contraignant. Les États nationaux s'affirment souvent dans la contestation et le rejet du pouvoir de l'Église. L'Europe se fait aussi contre l'Église. C'est une originalité fondamentale dans la construction de l'Europe que la coexistence de l'adhésion au christianisme et de conflits entre les États chrétiens et l'institution ecclésiale qui prétend assurer la diffusion du message chrétien – mais qui a elle-même posé, dès l'origine, la distinction entre pouvoir temporel et pouvoir spirituel comme une condition préalable à l'exercice de sa mission. On assiste au cours du Moyen Âge à l'édification progressive d'entités politiques reposant sur la conscience et l'animation d'un sentiment collectif d'identité : les États nationaux naissent au Moyen Âge. Le Moyen Âge européen conjugue une unité de civilisation fondée sur l'expansion du christianisme avec l'affirmation croissante d'États souverains.

En tant que responsable de la transmission de la foi et juge de l'orthodoxie des fidèles, l'Église entend exercer une tutelle sur tous les hommes, y compris les souverains qui auront à rendre compte à Dieu du salut du peuple qui leur a été confié. Cette détention de la vérité revendiquée par l'Église explique que l'idée de tolérance soit inconnue au Moyen Âge. La tolérance au sens contemporain du mot aboutirait à relativiser la portée de la vérité chrétienne et à admettre la possibilité de vérités alternatives. Cependant, cette vérité est véhiculée par l'Église, une institution humaine, donc faillible. D'où l'existence de conflits récurrents entre certains fidèles qui adhèrent à la foi chrétienne et souhaitent la suivre pour assurer leur salut et l'Église qui prétend leur dicter les modalités de cette adhésion alors que ses représentants ne constituent pas par eux-mêmes des modèles d'observance. Détenant la vérité, l'Église ne saurait se montrer tolérante envers des attitudes qui lui apparaissent comme autant d'erreurs, dans la mesure où ceux qui échappent à sa tutelle mettent en danger leur salut. La soumission à l'Église est seule garante de l'adhésion à la vérité de la foi. Face à la revendication individuelle ou à la volonté d'émancipation, l'Église ne peut offrir que la miséricorde accordée au fautif repentant. Dans la société médiévale, l'athéisme et l'idée de pluralisme spirituel sont absents, mais l'Église apparaît à certains comme un obstacle à la pleine transmission du message chrétien. Ce comportement d'insoumission est à l'origine du phénomène de l'hérésie.

CHRONOLOGIE DU Moyen Âge

370-476

Si le Ve siècle marque la fin de l'Empire romain, traditionnellement datée de 476, cette fin n'est en réalité ni brutale ni même inattendue. Elle intervient au terme d'un double phénomène, la christianisation de l'Empire et l'installation dans les limites de cet Empire chrétien des peuples germaniques, phénomène de longue durée qui ne s'apparente aucunement aux « invasions » ayant longtemps servi à le caractériser. Ces deux événements se déroulent dans une synchronie qu'anime un étonnant chassé-croisé. C'est en effet au moment où l'universalisme chrétien vient relayer et conforter l'universalisme romain que l'Empire, devenu chrétien, accueille les peuples « barbares » et se disloque progressivement ; or ces peuples – dont certains ont adhéré à l'hérésie arienne qui rejette le dogme de la Trinité, et dont d'autres sont restés païens – imposent aux populations « romaines » christianisées un pouvoir étranger à la fois en termes politiques et religieux. Le Moyen Âge naît ainsi du double mouvement de reconquête chrétienne et d'individuation politique. Il fait coïncider la volonté de réaliser sur terre l'utopie chrétienne avec le processus d'affirmation des nations européennes.

Vers 370

Début des « grandes invasions ». Les Goths, originaires de la basse Vistule et installés depuis la fin du IIIe siècle dans les steppes de la mer Noire, divisés entre Ostrogoths (Goths de l'Est) et Wisigoths (passés au nord du Danube, dans l'ancienne Dacie), sont attaqués par les Huns. Le royaume des Ostrogoths est détruit. Les Wisigoths demandent à franchir le Danube pour trouver refuge dans l'Empire. L'empereur Valens accepte, pensant les utiliser comme soldats.

9 août 378

Bataille d'Andrinople. Les Wisigoths se soulèvent et écrasent l'armée romaine. L'empereur Valens est tué.

382

L'empereur Théodose Ier installe les Wisigoths comme fédérés (sur la base d'un traité – ou *foedus* – leur concédant des terres en échange du service militaire) en Thrace et Mésie. Alaric prend le titre de roi des Wisigoths.

8 novembre 392

Édit de Théodose Ier. Le christianisme devient religion d'État dans l'Empire romain. Toute manifestation de culte païen – dont les sacrifices domestiques – est prohibée.

395

Mort de Théodose Ier. Partage de l'Empire romain entre ses deux fils : Honorius, qui reçoit l'Occident (dont Ravenne devient la capitale en 404), et Arcadius, qui gouverne l'Orient (avec Constantinople pour capitale).

Vers 400

Les Francs Saliens, confédération de tribus cantonnées en Toxandrie sur le Rhin inférieur depuis 358 avec le statut de fédérés, pénètrent dans l'Empire et progressent lentement vers le sud. D'autres tribus franques occupent le Rhin moyen (Francs Ripuaires). Plus au sud, les Alamans sont installés entre le Main et le Danube.

31 décembre 406

Grande invasion barbare en Gaule. Vandales, Alains et Suèves franchissent, près de Mayence, le Rhin pris par les glaces, et se répandent en Gaule en la pillant.

Vers 406

Saint Jérôme achève la Vulgate, traduction de la Bible en latin.

Vers 407

Les légions romaines quittent l'île de Bretagne. Premiers raids en Bretagne des Angles, Jutes et Saxons depuis les rivages de la mer du Nord.

409
Vandales, Suèves et Alains pénètrent en Espagne.

410
Prise et pillage de Rome par les Wisigoths d'Alaric.

412
Les Wisigoths pénètrent en Gaule. Ils sont installés comme fédérés en Narbonnaise, mais leur roi Athaulf rompt le traité et s'empare de la majeure partie de l'Aquitaine en 413. Il prétend mettre la force des Goths au service de l'Empire romain.

418
Les Wisigoths sont cantonnés le long de la Garonne comme hôtes de l'Empire (traité d'*hospitalitas* leur reconnaissant la possession d'une partie des terres en échange du service militaire). Formation du royaume de Toulouse, premier royaume barbare installé à l'intérieur de l'Empire romain.

420-425
Les Vandales se rendent maîtres de la Bétique, à laquelle ils ont peut-être laissé leur nom (Andalousie).

425
Achèvement, à Tibériade, du Talmud dit « de Jérusalem ».

426-429
Saint Augustin écrit *La Cité de Dieu.*

429
Vandales et Alains envahissent l'Afrique du Nord.

431
Troisième concile œcuménique, réuni à Éphèse. Condamnation du nestorianisme, doctrine mettant au premier plan dans la personne du Christ sa nature humaine, et déniant à la Vierge Marie la qualité de mère de Dieu.

432-460
Évangélisation de l'Irlande par saint Patrick.

434
Le patrice Aetius devient le véritable maître de l'Empire romain d'Occident. Sa politique de collaboration avec les rois barbares ainsi que ses compétences militaires dissuasives contribuent à retarder la dislocation de l'Empire.

435
Les Vandales obtiennent le statut de fédérés et occupent une partie de la Numidie. Naissance d'un royaume vandale en Afrique du Nord.

435-445
Mausolée de l'impératrice romaine Galla Placidia à Ravenne.

438
Promulgation du Code théodosien, première compilation du droit romain.

439
Les Vandales s'emparent de Carthage.

Vers 440
Clodion conquiert la Belgique seconde et y fonde le royaume franc de Cambrai. Il est le fondateur de la dynastie des Mérovingiens.

440-461
Pontificat de Léon Ier le Grand. Affirmation de la primauté romaine. L'évêque de Rome, en tant que successeur de Pierre, est le « gouvernail de l'Église universelle ».

Vers 441-443
Angles, Jutes et Saxons entreprennent la conquête de la Bretagne, qui devient l'Angleterre.

443
Attila, roi des Huns installés dans la plaine du Danube depuis 405, envahit les Balkans. L'empereur Théodose lui verse un tribut de 6 000 livres d'or.

449
Attila se tourne vers l'empire d'Occident.

450-457
Marcien devient empereur d'Orient. Il est sans doute le premier empereur romain à avoir été couronné par le patriarche de Constantinople au cours d'une cérémonie religieuse.

450
Début de l'émigration des populations celtiques de l'île de Bretagne en Armorique.

451
Quatrième concile œcuménique, réuni à Chalcédoine. Condamnation du monophysisme, doctrine privilégiant dans la personne du Christ sa nature divine au point qu'elle semble absorber la nature humaine pour ne plus faire qu'une.

451
Les Huns envahissent la Gaule. Attila lève le siège de Paris devant la résistance des habitants encouragée par sainte Geneviève. Il est battu à la bataille du *Campus Mauriacus* (Moirey), près de Troyes, par une armée romano-wisigothique dirigée par Aetius et le roi Théodoric Ier.

452
Attila pénètre en Italie. Il s'empare de Milan et Pavie. L'intervention du pape Léon Ier (Léon le Grand) le convainc de lever le siège de Rome.

453
Mort d'Attila. Ses nombreux fils se disputent son héritage. Les Huns regagnent les rivages de la mer Noire.

454
L'empereur Valentinien III fait assassiner Aetius. Dislocation de l'Empire romain d'Occident.

2 juin 455
Prise et pillage de Rome par Genséric et les Vandales.

468-477
Les Wisigoths conquièrent l'Espagne sous la direction du roi Euric. Les Suèves sont refoulés en Galice.

475
La domination des Wisigoths s'étend de la Loire au détroit de Gibraltar, de l'Atlantique à la vallée du Rhône. Ils exercent une incontestable hégémonie dans la partie occidentale de l'Empire. Le roi Euric frappe une monnaie à son effigie et promulgue un code de lois gothiques.

476
Déposition de Romulus Augustule, dernier empereur romain d'Occident, par Odoacre, commandant de l'armée « romaine » d'Italie et chef de la tribu des Hérules. La date est considérée comme marquant

en Occident la fin de l'Empire romain. Étant donné la situation politique, elle passe alors largement inaperçue. La nouvelle donne politique – répartissant le pouvoir entre les divers royaumes barbares, parmi lesquels subsistent quelques armées impériales – est acquise depuis plusieurs décennies. Les nostalgiques de l'Empire peuvent se satisfaire à l'idée qu'il survit en Orient et que la déposition de Romulus scelle, au contraire, sa réunification.

476-754

CHRONOLOGIE DU Moyen Âge

La période 476-754 est d'abord caractérisée par la victoire chrétienne, c'est-à-dire la conquête par le christianisme des royautés barbares. Cette victoire met un terme au motif principal d'opposition (ou de différence) entre les populations « romaines » indigènes et les immigrés « barbares » détenteurs de l'autorité. Elle permet la fusion entre les deux composantes de la société. Cette fusion prend des formes multiples. Elle s'effectue dans le cadre d'une réalité nouvelle, le royaume, où les traditions germaniques sont progressivement imprégnées de références chrétiennes et soumises à des modèles empruntés à l'Ancien Testament. La soumission à un même pouvoir royal favorise la naissance d'un sentiment identitaire, lointaine préfiguration du sentiment national. Les différents royaumes ont des destinées diverses. L'existence de plusieurs d'entre eux s'interrompt brutalement. Une fois réconciliés dans la même adhésion au christianisme orthodoxe, les souverains barbares et leurs sujets entreprennent de porter leur foi aux peuples qui l'ignorent encore. D'abord née d'initiatives individuelles, la conversion des païens est progressivement prise en charge par la Papauté romaine. Le christianisme sort des limites de l'ancien espace romain et s'implante dans les territoires de la Germanie « indépendante ».

Conversion et expansion politique vont de pair. L'institution royale, qui organise la vie politique des royaumes barbares, est bientôt contestée par son principal agent, l'aristocratie, qui développe des espaces de pouvoir régionaux et négocie les conditions de son soutien. Les forces centrifuges l'emportent alors, favorisant la dislocation des royaumes en plusieurs principautés ou royaumes dérivés. Alternativement, succèdent à ces périodes celles où le pouvoir royal restauré soumet les aristocraties locales. Le résultat en est l'affaiblissement et l'appauvrissement de la royauté. Il suffit alors dans le royaume franc qu'un des chefs de cette aristocratie s'appuie sur le particularisme d'une région pour qu'il parvienne à s'imposer à la royauté et n'hésite pas à la remplacer quand le rapport de forces le lui permet.

L'Empire romain subsiste à Constantinople où il poursuit sa confrontation avec l'Empire perse, tout en s'engageant dans la voie d'une reconquête partielle de l'Occident. Il se régénère et s'hellénise. Il est cependant bientôt menacé par l'apparition de nouveaux peuples à ses frontières et amputé d'une partie de son territoire par les conquêtes d'une nouvelle puissance, le Califat musulman, né au cœur de la péninsule arabique. La volonté de propager la parole divine transmise par le prophète Mahomet soutient sa rapide expansion territoriale, en dépit des troubles et des ruptures nés de la désignation du successeur du Prophète.

476
À Constantinople, Théodoric Ier l'Amale, chef des Ostrogoths installés en Mésie inférieure depuis la chute de l'empire des Huns, est adopté comme fils d'armes par l'empereur Zénon qui le nomme patrice et maître de la milice.

476
Le roi des Vandales Genséric obtient de l'empereur d'Orient la reconnaissance de ses possessions (Afrique du Nord, Corse, Sardaigne, Baléares).

481-482
Mort à Tournai de Childéric Ier, roi des Francs Saliens, qui administrait au nom de l'autorité romaine la province de Belgique seconde. Son fils Clovis lui succède.

Vers 482-500
Rédaction, sous le pseudonyme de Denys l'Aréopagite, du *Corpus dionysiacum*, ou *Areopagiticum*, probablement œuvre d'un moine d'origine syrienne, qui souhaite réconcilier la théologie chrétienne et la tradition néoplatonicienne. Le *Corpus* comprend quatre œuvres : la *Hiérarchie céleste*, la *Hiérarchie ecclésiastique*, les *Noms divins*, la *Théologie mystique*, ainsi qu'un recueil de lettres. Traduite en latin par Hilduin, puis par Jean Scot Érigène, l'œuvre de Denys exerça une profonde influence sur la pensée

médiévale, en raison de la richesse de sa doctrine mystique.

486-487

Clovis bat, près de Soissons, Syagrius, maître de la milice de Gaule, et dernier représentant de l'autorité romaine. Il étend sa domination jusqu'à la Loire.

489-493

Théodoric Ier, envoyé par l'empereur Zénon, élimine Odoacre et fonde le royaume ostrogoth d'Italie.

492-496

Pontificat de Gélase Ier. Dans une lettre à l'empereur Anastase, il expose la théorie des deux pouvoirs. Les évêques, détenteurs de l'*auctoritas*, sont responsables devant Dieu des souverains temporels pourvus de la *potestas*.

Vers 493

Clovis épouse Clotilde, princesse burgonde catholique, qui lui donnera cinq enfants.

493-526

Règne de Théodoric Ier l'Amale en Italie. Son gouvernement est fondé sur une rigoureuse séparation entre Ostrogoths et Romains. Les Goths, installés dans des garnisons, ont le monopole de l'exercice des armes et assurent la défense du royaume ; ils reçoivent en échange le tiers des terres italiennes (ou le tiers des rentrées fiscales) tandis que les comtes des Goths ont pleine juridiction sur eux. Les Romains gardent l'administration civile du royaume. Le respect des différences religieuses (les

Ostrogoths sont ariens) et l'interdiction des mariages mixtes doivent réduire les motifs de conflit et assurer la paix sociale.

Vers 498

Clovis est baptisé à Reims le jour de Noël par l'évêque saint Rémi. Premier souverain barbare à avoir choisi l'orthodoxie, il apparaît comme le champion de la foi catholique, ce qui lui procure l'appui de l'épiscopat des royaumes voisins.

Vers 500

Les Anglo-Saxons débarqués en Bretagne progressent vers l'ouest. Ils se heurtent à la résistance des Bretons qui remportent la victoire du mont Badon.

Vers 500

Achèvement, à Babylone, du Talmud dit de Babylone, qui se compose de la Mishna (doctrine et exposé de la Loi) et de la Gemara (commentaire de la Mishna).

504

Intervention de Théodoric en Pannonie. Le roi ostrogoth rêve de constituer une confédération des royaumes germaniques, consolidée par des alliances matrimoniales.

506

Le roi wisigoth Alaric II promulgue le bréviaire d'Alaric, compilation du Code théodosien à l'intention des populations romaines de son royaume.

507

Campagne de Clovis contre les Wisigoths. Bataille de Vouillé (près de Poitiers). Le roi wisigoth Alaric II est battu et tué. Clovis annexe l'Aquitaine. Expulsés de Gaule, les Wisigoths se replient en Espagne. Le gouvernement du royaume repose sur une rigoureuse séparation entre les deux composantes de la société. Les Wisigoths se réservent le monopole du pouvoir et l'exercice du métier des armes ; les mariages « mixtes » sont prohibés. L'attachement des Wisigoths à l'arianisme, véritable religion « nationale », accentue le clivage les séparant des populations hispano-romaines, encadrées par le clergé catholique.

508

Au retour de Vouillé, Clovis célèbre son triomphe à Tours dans la tradition antique. L'empereur Anastase lui confère le consulat honoraire, faisant théoriquement de lui son représentant en Occident et reconnaissant sa suprématie sur les autres royaumes barbares.

509-510

Les Francs rédigent le *Pactus Legis Salicae*, première version écrite de la loi salique.

511

Concile des Gaules à Orléans. Naissance d'une Église franque.

Fin 511
Mort de Clovis et partage du royaume franc entre ses quatre fils Thierry, Clodomir, Childebert et Clotaire, selon la coutume patrimoniale germanique. Pour avoir unifié les populations franques et étendu leur domination de la vallée du Rhin au golfe de Gascogne, Clovis peut légitimement être considéré comme le premier roi de France.

518-527
Règne à Constantinople de l'empereur Justin Ier, officier d'origine illyrienne. Il associe rapidement au pouvoir son neveu Justinien.

524
Mort de Boèce. Dans la prison où, accusé par Théodoric de complot et de magie, il est enfermé, il rédige la *Consolation de la philosophie*.

526
Mort de Théodoric le Grand à Ravenne.

527
Fondation du monastère du Mont-Cassin par Benoît de Nursie.

527
Avènement à Constantinople de Justinien (527-565). Sa femme Théodora, fille d'un gardien d'ours à l'Hippodrome, prend une part importante au gouvernement de l'Empire.

528-535
Codification du droit romain à Constantinople (*Corpus juris civilis*).

529
Invasion perse dans l'Empire byzantin.

529
Fermeture de l'Académie d'Athènes, fondée en -387 par Platon.

529
Le concile de Vaison-la-Romaine décide la création d'écoles monastiques et cathédrales dans le royaume franc. Première manifestation d'un enseignement chrétien.

529
Promulgation du Code de Justinien (refonte et mise à jour du Code de Théodose).

529 (ou 537)
Rédaction de la Règle de saint Benoît.

532
Sédition Nika à Constantinople. Partie du cirque, l'émeute, fomentée par les factions de l'hippodrome (Verts et Bleus), gagne toute la ville et en reste maîtresse pendant six jours.

532
Justinien conclut avec l'Empire perse une « paix éternelle » afin de pouvoir se consacrer à la reconquête de l'Occident.

533
Publication, à l'initiative de Justinien, des *Digestes* ou *Pandectes* (compilation de la jurisprudence impériale) et des *Institutes* (manuel de droit à l'usage des étudiants).

534
Conquête du royaume burgonde par les Francs. Le territoire est partagé entre les trois souverains francs.

534
Seconde promulgation du Code de Justinien.

534-535
Bélisaire détruit le royaume des Vandales au nom de Justinien.

535
Persécution des monophysites d'Égypte.

535-553
Guerre de reconquête de Justinien contre les Ostrogoths.

535-536
Réforme administrative de Justinien qui concentre les pouvoirs militaires, civils et fiscaux entre les mains des gouverneurs provinciaux.

537
Les Francs annexent la Provence qu'ils enlèvent aux Ostrogoths. Le royaume franc atteint la Méditerranée.

537
Inauguration à Constantinople de la basilique Sainte-Sophie, construite par Anthémios de Tralles et Isidore de Milet.

540
Reprise de la guerre entre Byzance et la Perse.

Vers 540

Cassiodore se retire au monastère qu'il a fondé à Vivarium, en Calabre, où il meurt en 583. Il s'y consacre (par l'étude et la copie des œuvres grecques et latines) à la transmission de l'héritage classique. Ses *Institutiones* définissent un programme d'éducation chrétienne fondé sur l'enseignement des arts, répartis entre *trivium* et *quadrivium*, qui restera la base de l'organisation scolaire au Moyen Âge.

543

Dans l'espoir de rallier une partie des monophysites, Justinien fait condamner les Trois Chapitres, montage de textes extraits de trois auteurs réhabilités par le concile de Chalcédoine. Il fait conduire à Constantinople le pape Vigile et le contraint à approuver la condamnation.

546

Le roi ostrogoth Totila reprend Rome et toute la péninsule aux troupes de Bélisaire, sauf Ravenne.

547

Mort de saint Benoît.

551

Soulèvement en Espagne d'Athanagild. Il fait appel aux troupes byzantines qui occupent le Sud de la péninsule. Il transfère sa résidence à Tolède.

553

Cinquième concile œcuménique, tenu à Constantinople.

554
Introduction du ver à soie dans l'Empire byzantin.

555
Narsès met fin à la résistance des Ostrogoths. L'Italie réintègre l'Empire byzantin.

556
Martin de Braga, évangélisateur des Suèves de Galice.

559
Épidémie de peste en Occident.

560-580
Formation des sept royaumes anglo-saxons (heptarchie) de Kent, Wessex, Sussex, Essex, East-Anglie, Mercie et Northumbrie, qui se livrent une guerre permanente. Le seul élément de régulation est l'institution du *bretwalda*, roi suprême auquel est reconnue une hégémonie temporaire.

560- 616
Règne d'Ethelbert de Kent, qui ouvre son pays aux influences continentales. Il rédige en 602-603 le premier code de lois anglo-saxonnes, la « loi d'Ethelbert », le plus ancien texte écrit en langue anglaise.

Vers 560
La reine franque Radegonde fonde l'abbaye Sainte-Croix de Poitiers.

561
Mort de Clotaire Ier, devenu depuis 558 seul roi des Francs. Nouveau partage du royaume franc entre

ses quatre fils Caribert, Gontran, Sigebert et Chilpéric.

562

Justinien conclut une paix de cinquante ans avec la Perse.

563

Saint Colomban fonde le monastère d'Iona en Irlande.

568-572

Les Lombards, installés au vie siècle dans le bassin du Danube, où ils se sont convertis à l'arianisme, envahissent l'Italie sous la direction de leur roi Alboin. Ils conquièrent l'Italie du Nord, et y fondent un royaume. D'autres populations lombardes fondent ensuite les duchés de Toscane, Spolète et Bénévent. La conquête se fait avec une grande brutalité.

569-586

Règne en Espagne de Léovigild. Il réalise l'unification de la péninsule en reprenant Cordoue et Malaga aux Byzantins (570-573), en annexant le royaume suève de Galice (585) et en soumettant les montagnards de Cantabrie et du Léon (fondation de Vitoria en 581). Il exalte l'autorité royale par une imitation impériale systématique (adoption du prénom de Flavius, frappe d'une monnaie d'or, développement d'une véritable capitale à Tolède, usage de la couronne et du trône). Un concile d'évêques ariens réuni à Tolède en 580 impose en vain la conversion générale des populations hispano-romaines à l'arianisme.

570
Naissance à La Mecque du prophète Mahomet, dans le clan des Banu Hashim de la tribu qurayshite.

573
Commencement de la *faide* (*vendetta*) royale entre les rois francs Sigebert et Chilpéric, entretenue par la haine entre leurs épouses Brunehaut et Frédégonde.

573-591/592
Grégoire de Tours rédige son *Histoire des Francs.*

574
L'assassinat du roi Cleph ouvre dans l'Italie lombarde une période de crise. Le pays tombe au pouvoir de trente chefs de guerre locaux ou ducs.

575-580
Quatre entités distinctes commencent à prendre corps dans le royaume franc : l'Austrasie, entre Meuse et Rhin, pays des Francs orientaux ; la Neustrie, région comprise entre Loire, Atlantique et Champagne ; la Bourgogne, correspondant à l'ancien royaume burgonde ; l'Aquitaine. Les trois premières, qui se cristallisent bientôt en royaumes, caractérisent un substrat « national » ou ethnique (terre des Francs ou des Burgondes), alors que l'Aquitaine, restée très marquée par la présence romaine, apparaît comme un territoire colonial que se partagent les souverains francs.

577
Le Mont-Cassin est dévasté par les Lombards.

580-581
Les Slaves envahissent l'Empire byzantin et fondent des petites sclavinies indépendantes. Les Balkans échappent au pouvoir impérial.

584
Fondation de l'exarchat de Ravenne. Les Byzantins conservent en Italie le duché de Rome, le duché de Naples, le Sud de la péninsule et la Sicile.

584
Les ducs lombards mettent fin à l'anarchie et rétablissent la royauté en faveur d'Authari, qui épouse Théodelinde, princesse bavaroise catholique. Le catholicisme commence à pénétrer chez les Lombards.

587
Récarède, successeur de Léovigild (586-601), se convertit au catholicisme. Sa conversion est entérinée en mai 589 lors d'un concile tenu à Tolède (Tolède III). La fin du dualisme religieux opposant les Wisigoths aux Hispano-Romains achève l'unification de la péninsule et scelle la fusion entre les deux peuples, favorisant l'émergence précoce d'un véritable sentiment national.

589-711
Réunions périodiques, mais irrégulières (treize entre 633 et 711), des conciles de Tolède, assemblées réunissant les prélats du royaume et les

magnats palatins, chefs de l'aristocratie gothique. Les conciles de Tolède sont de véritables assemblées politiques. Associant à la décision royale les représentants de l'Église et de la noblesse, ils constituent pour les souverains de véritables appuis politiques.

590-604

Pontificat de Grégoire le Grand, qui prend le titre de *servus servorum Dei*. Véritable souverain de Rome, il se tourne vers l'évangélisation des peuples germaniques installés en Europe.

594

Fondation de l'abbaye de Luxeuil par saint Colomban.

Vers 595-600

Mahomet épouse Khadidja, riche veuve, organisatrice de transports caravaniers vers la Syrie, au service de laquelle il travaille.

596-597

Mission en Angleterre d'Augustin, abbé du monastère romain de Saint-André du mont Cœlius. Ethelbert de Kent se convertit en 598. Augustin jette les fondements d'une Église anglo-saxonne (fondation des évêchés de Canterbury, Rochester et Londres) et est lui-même sacré en 597 évêque de Canterbury.

600

Reprise de la *faide* royale dans le royaume franc entre Clotaire II, fils de Chilpéric, et les petits-fils de Sigebert et Brunehaut.

603
L'empereur perse Chosroès II reprend la guerre contre Byzance. Constantinople est assiégée.

607
Le roi lombard Agilulf reçoit le baptême.

609
À Rome, le Panthéon est converti en église consacrée à la Vierge.

610-641
Règne d'Héraclius dans l'Empire byzantin. Il prend le titre de *basileus* et achève l'hellénisation de l'Empire, dont le grec devient la langue officielle. L'Asie Mineure est divisée en circonscriptions militaires ou thèmes, que commande un stratège. Des soldats-paysans, ou stratiotes, constituent une milice permanente.

612
Dans la nuit du 26 au 27 du mois de ramadan, Mahomet reçoit sa première révélation alors qu'il effectue une retraite dans une caverne du mont Hira, au nord-est de La Mecque. Après lui avoir dit « Récite ! », l'ange Gabriel lui aurait dicté la sourate 96 affirmant l'unicité de Dieu, Seigneur des mondes. D'autres révélations succèdent à celle-ci.

612-619
Un premier groupe d'une quarantaine de convertis se constitue autour de Mahomet. Leur nombre ne cesse de grossir. L'exigence morale que nourrit la prédication du Prophète attire plus particulière-

ment ceux qui ressentent un malaise au sein de la société mecquoise.

612-621
Le roi wisigoth Sisebut inaugure une politique anti-juive.

613
Supplice et mort de Brunehaut. Fin de la *faide* royale. L'unité du royaume franc est à nouveau restaurée entre les mains de Clotaire II qui, en 614, promulgue un édit en 24 articles afin que « la paix et la discipline règnent à jamais dans notre royaume ».

613
Fondation de l'abbaye de Saint-Gall.

614
Fondation de l'abbaye de Bobbio par saint Colomban. Il y meurt en 615.

614
Le roi de Perse Chosroès Parviz conquiert Jérusalem et s'empare de la Vraie Croix.

614
Concile de Paris. Les évêques obtiennent la liberté des élections épiscopales, mais un édit de Clotaire II fait de l'autorisation royale un préalable à toute consécration.

617-633
Règne en Northumbrie d'Edwin, gendre d'Ethelbert de Kent. Durant cette période, la Northumbrie exerce la suprématie sur l'ensemble des royaumes anglo-saxons.

618

Avènement en Chine de la dynastie des Tang. Premières productions de porcelaine. La dynastie règne jusqu'en 907.

622-630

Hégire de Mahomet à Yathrib (Médine) en juin 622. L'exil du Prophète, en butte à l'hostilité croissante des Qurayshites, marque le début de l'ère islamique, fixé au premier jour du mois de muharram (16 juillet 622). Mahomet institue une nouvelle organisation sociale fondée sur la notion de communauté (*umma*), dont il est le chef politique. En 624, il se démarque du judaïsme et du christianisme et recentre l'islam sur La Mecque.

Vers 625

Puissance des maires du palais dans le royaume franc. Le signe le plus net de la puissance acquise par les aristocraties à la faveur des luttes internes opposant les rois francs est le maintien, dans chacun des trois royaumes désormais réunifiés, d'une administration palatine, dirigée par un maire du palais, simple officier de la maison royale devenu chef de l'administration du royaume. Recruté au sein des plus hautes familles, il représente les intérêts de l'aristocratie régionale (ou nationale) face au pouvoir royal. La seule arme dont dispose le roi pour limiter le pouvoir de ces maires est qu'il conserve une entière liberté dans le choix de leur recrutement et dans la décision de leur renvoi.

626
Siège de Constantinople par les Perses et les Avars.

627
Baptême d'Edwin de Northumbrie. Création de l'évêché d'York.

627
Bataille du fossé. Les Médinois résistent au siège de leur ville par les Mecquois. Ralliements de plus en plus nombreux de Mecquois. Mahomet s'allie aux autres tribus d'Arabie.

629
Les Byzantins sont chassés d'Espagne.

629
Mission d'évangélisation de saint Amand en Flandre.

629
Introduction dans le royaume des Francs de la Règle de saint Benoît.

629
Paix victorieuse d'Héraclius avec la Perse. Évacuation des territoires occupés et restitution de la Vraie Croix. Guerre civile en Perse et déclin de l'Empire perse.

629-639
Règne de Dagobert Ier, roi unique des Francs. Il installe sa résidence en Neustrie, où il réunit dans son entourage les enfants de l'aristocratie, et fait reconnaître l'unité du royaume en se rendant en Austrasie et en Bourgogne.

1er janvier 630

À la tête d'une armée de 10 000 hommes, Mahomet se rend maître de La Mecque. Il fait abattre les idoles de la Kaaba. Les Qurayshites se soumettent.

Vers 630

Isidore de Séville rédige les *Étymologies* (ou *Origines*), encyclopédie thématique des connaissances antiques, où l'héritage classique n'est pas séparé de la culture chrétienne. Entreprise vers 615, l'œuvre est dédiée au roi Sisebut, mais elle n'est pas achevée à la mort d'Isidore ; c'est Braulion de Saragosse qui en assurera la division en vingt livres.

632

Saint Éloi, orfèvre et monétaire, conseiller de Dagobert, fonde l'abbaye de Solignac.

632

Baptême forcé des juifs de Carthage.

632

Mahomet participe au pèlerinage de La Mecque (pèlerinage de l'Adieu).

8 juin 632

Mort de Mahomet à Médine.

632-634

Abû Bakr, premier calife (successeur du Prophète), soumet les tribus d'Arabie.

632-655

Le roi Penda de Mercie mène une vive réaction païenne qui s'étend aux royaumes voisins.

633
Institution en Espagne d'une monarchie élective. Pour lutter contre la constante instabilité politique que souligne la pratique régulière de l'assassinat du souverain (« maladie gothique »), le quatrième concile de Tolède, réuni par le roi Sisenand prévoit dans son canon 75, sans doute à l'initiative d'Isidore de Séville, que, « pour la stabilité du royaume et du peuple », le roi sera désormais élu par les évêques et les magnats du palais. Mais le principe électif ne parviendra pas à s'imposer : seuls trois des onze rois qui se succèdent de 633 à 711 seront élus.

633-641
Le roi de Northumbrie, Oswald, fait appel aux moines irlandais d'Iona pour poursuivre l'évangélisation. Saint Aidan fonde en 635 l'abbaye de Lindisfarne.

Vers 634
Dagobert fonde la foire de Saint-Denis.

634-644
Califat d'Umar. Il prend le titre d'émir (commandeur des croyants) et organise le Califat, transformant l'État national arabe en un empire théocratique, et met en place une administration chargée d'organiser les conquêtes. Il meurt assassiné par un Persan.

636
Défaite des armées byzantines face aux Arabes à la bataille du Yarmouk. Pertes de Damas et de la Syrie.

637

Bataille de Qadisiyya. Les Arabes pillent Ctésiphon et conquièrent la Perse.

638

Les Arabes conquièrent Jérusalem et la Palestine.

639

Mort de Dagobert Ier. Le royaume franc est partagé entre ses deux fils Sigebert III (Austrasie) et Clovis II (Neustrie et Bourgogne).

642

Prise d'Alexandrie par Amr ibn Al-As, général du calife. Les troupes byzantines évacuent l'Égypte.

643

Codification du droit lombard. La promulgation des *Lois de Rothari* représente une source essentielle pour la connaissance de la société lombarde.

643

Grimoald, fils de Pépin Ier de Landen, devient maire du palais en Austrasie. La fonction devient héréditaire.

644-656

Califat de Uthmân. Il doit affronter l'opposition du clan médinois qui lui reproche son népotisme. Il fait procéder vers 650 à la recension écrite du Coran afin de disposer d'une version unique du texte sacré (composé de 114 sourates divisées en 6 243 versets). L'arabe parlé en Arabie centrale devient la langue véhiculaire de tout l'Empire arabo-islamique. Uthmân meurt assassiné.

648
L'empereur Constant II promulgue un décret, le *Typos*, interdisant toute discussion au sujet des deux volontés du Christ.

649
Au synode de Latran, le pape Martin Ier condamne le monothélisme, doctrine professant l'unicité de la volonté du Christ, défendue par l'empereur Héraclius, à laquelle son prédécesseur Honorius Ier avait donné son accord.

650
Début de la reconquête byzantine dans les Balkans. Les colonies slaves reconnaissent la suzeraineté de l'Empire.

650
Expédition navale des Arabes sur Chypre. La flotte arabe devient une puissance en Méditerranée.

651
Disparition de l'Empire perse sassanide. La Perse devient une province du Califat.

653
Baptême du roi Aripert et conversion définitive des Lombards au catholicisme. La fusion entre les deux sociétés lombarde et romaine se précise.

654
Le roi wisigoth Receswinth (653-672) promulgue le *Liber iudicum* (*Livre des Juges*), premier code de droit territorial abolissant le régime de la personnalité des lois.

655

Triomphe définitif du christianisme en Angleterre.

656

Ali, cousin et fils adoptif de Mahomet, est élu calife et s'installe à Koufa, en Mésopotamie. L'Arabie perd son importance politique majeure. Ali est immédiatement combattu par Aïcha, veuve du Prophète, et par Muâwiya, gouverneur de Syrie et chef des Omeyyades.

660

Au terme de l'arbitrage d'Adroh (659), défavorable à Ali, Muâwiya est proclamé calife par ses partisans.

661

Ali est assassiné par un kharidjite dans la mosquée de Koufa. Les kharidjites, « ceux qui se retirent », adeptes d'un islam égalitaire et intransigeant, ont abandonné Ali parce qu'ils refusent que le choix du chef de la communauté soit laissé à l'appréciation ou à l'arbitrage des hommes. Les partisans (*shia*) d'Ali considèrent que seuls ses descendants et ceux de sa femme Fatima, fille du Prophète, ont vocation à exercer le pouvoir sur la communauté. L'Islam est désormais partagé entre sunnites, majoritaires, et chiites, centrés sur le Bas-Irak et l'Iran.

661

Le calife Muâwiya transfère sa capitale à Damas, dans une région mieux située pour administrer le nouvel Empire.

664
Synode de Whitby. L'Église anglo-saxonne se rallie aux usages romains au détrimment des pratiques irlandaises.

669
Théodore de Tarse, moine grec originaire de Cilicie, est nommé par la Papauté archevêque de Canterbury. Chargé de réorganiser l'Église anglo-saxonne, il la répartit entre deux métropoles (Canterbury et York).

670
Fondation de Kairouan. Conquête de l'Afrique du Nord par les Arabes (670-709).

670
Construction de la crypte de Saint-Paul de Jouarre. Première représentation sculptée du Jugement dernier sur le sarcophage de l'évêque Angilbert.

Vers 670
Derniers actes mérovingiens rédigés sur papyrus. Dans les royaumes barbares, le centre de gravité de l'économie et du pouvoir se déplace de la Méditerranée vers les régions septentrionales. Le parchemin remplace le papyrus, le beurre se substitue à l'huile d'olive.

Vers 670
Disparition de la monnaie d'or dans le royaume franc. Diffusion des *sceattas* anglo-saxons.

672
Première attestation d'un sacre royal en Espagne à l'avènement du roi Wamba.

673-675
Childéric II, fils de Clovis II, seul roi des Francs. Dernière période d'unité du royaume mérovingien.

674-678
Siège de Constantinople par les Arabes.

679
Les Bulgares commencent à s'installer au sud du Danube. Mêlés aux tribus slaves, ils sont rapidement slavisés. Constitution du premier État bulgare.

680
Muâwiya désigne son fils Yazid comme successeur. Fondation d'une dynastie califale.

10 octobre 680
Bataille de Kerbela qui marque la rupture définitive entre le pouvoir sunnite et les chiites. L'anniversaire du martyre d'Husayn (second fils d'Ali) est une journée de deuil pour les chiites.

680-681
Sixième concile œcuménique, tenu à Constantinople. Condamnation du monothélisme.

681
Le concile de Tolède promulgue vingt-huit lois pour « extirper la peste judaïque ».

687
Bataille de Tertry. Pépin II de Herstal, maire du palais d'Austrasie, bat les Neustriens et s'empare de la mairie du palais de Neustrie. Il réunit sous son autorité les trois royaumes de Neustrie, Austrasie et Bourgogne.

687-702
Troubles permanents en Espagne. Une épidémie de peste provoque une importante mortalité, la famine et un exode rural. L'accroissement de la pression fiscale et des exigences militaires entraîne la fuite massive d'esclaves et le développement de la mendicité.

691-692
Concile in Trullo (*Quinisexte*) à Constantinople. Les usages liturgiques et disciplinaires byzantins s'éloignent de ceux de Rome.

691-692
À Jérusalem, construction de la coupole du Rocher (ou mosquée d'Omar), premier monument de l'islam, érigée sur l'esplanade du Temple juif.

694
Le roi Egica décrète l'« asservissement général » des juifs du royaume wisigothique.

695
Création de l'évêché d'Utrecht au profit de Willibrord, « évêque des Frisons ».

696
La langue arabe est reconnue comme la langue officielle de l'Islam.

698
Prise de Carthage par les Arabes. Résistance berbère, conduite par la Kahina.

700
Début du mouvement mu'tazilite, fondé par Wasil ibn Ata.

705
À Damas, construction de la mosquée des Omeyyades, achevée en 714-715. Construction de la mosquée Al-Aqsa à Jérusalem.

709
Prise de Ceuta. Achèvement de la conquête arabe de l'Afrique du Nord.

710
Conquête de la Transoxiane et de la région de l'Indus par les Arabes. Fondation des villes-garnisons de Boukhara et Samarcande.

13 juillet 711
Bataille du rio Guadalete. Tariq ibn Ziyâd, affranchi de Musa, gouverneur d'Ifriqiya, franchit le détroit auquel il laissera son nom (Gibraltar dérive de Djabal al-Tariq, « montagne de Tariq ») et débarque en Espagne à la tête de 7 000 Berbères. L'armée gothique est mise en déroute et le roi Rodrigue est tué.

712-716
Conquête de la péninsule Ibérique par les Arabo-Berbères, sous la direction de Musa, *wali* d'Ifriqiya.

713-744
Règne du roi lombard Liutprand, qui souhaite étendre son autorité à l'ensemble de l'Italie. Apogée du royaume lombard qui possède l'administration la plus développée de tout l'Occident et frappe une monnaie d'or (*triens*) imitée de Byzance.

714
Mort de Pépin II, maire du palais. Son fils Charles Martel lui succède en Austrasie. Les Neustriens se soulèvent.

716-756
L'Espagne conquise devient, sous le nom d'Al-Andalus, une province du Califat de Damas, gouvernée par un *wali* qui cumule fonctions civiles et militaires, avec Cordoue pour capitale.

716-720
Charles Martel rétablit la suprématie de l'Austrasie sur l'ensemble du royaume franc. Il s'empare en 717 de la mairie du palais de Neustrie.

717-725
Les musulmans d'Espagne conquièrent la Septimanie, entre les Pyrénées et le Rhône.

717-718
Second siège de Constantinople par les Arabes. Dernière tentative arabe contre la capitale de l'Empire.

718
Création du royaume chrétien des Asturies par les populations cantabres, auxquelles se sont joints des chrétiens ayant fui devant l'avance arabe.

718
Saint Boniface (Wynfrid) se rend à Rome. Il reçoit du pape Grégoire II la mission d'évangéliser la Germanie.

720-738
Charles Martel ramène sous l'autorité franque les duchés nationaux germaniques à l'est du Rhin (Thuringe, Hesse, Alémanie, Bavière). L'évangélisation accompagne la soumission.

721
Évangélisation de la Hesse par saint Boniface.

Vers 722
Victoire des Asturiens à Covadonga. Un certain Pelayo inflige aux musulmans une défaite près de la grotte de Covadonga, et étend son pouvoir sur la région alentour. Cette victoire atteste, pour l'historiographie traditionnelle, la survivance du royaume wisigoth transféré dans la montagne asturienne. Elle préfigure la reconquête chrétienne.

722
Second séjour de saint Boniface à Rome. Il est consacré évêque missionnaire et entreprend l'évangélisation de la Thuringe.

725
Prise de Carcassonne et pillage d'Autun par les Arabes.

726
Début de la querelle iconoclaste. L'empereur Léon III prend position contre les images et fait détruire l'image du Christ de la Chalcè. Les partisans des images sont soutenus par le pape Grégoire III qui considère les images comme un symbole et un moyen de vénération.

728
Soumission de la Bavière au pouvoir franc. Charles Martel marie sa fille au duc Odilon.

7 janvier 730
Léon III promulgue un édit (*silention*) officialisant la condamnation des images.

Vers 730-750
Composition du *Beowulf*, poème héroïque anglo-saxon de plus de trois mille vers dont l'allitération constitue la clef de voûte, reposant sur une légende scandinave, mais écrit par un poète chrétien soucieux de faire converger mythologie germanique et enseignement chrétien. Le *Beowulf* est considéré comme l'un des sommets de la poésie vieil-anglaise.

731
Grégoire III envoie le *pallium* à saint Boniface. Établissement de la hiérarchie ecclésiastique en Germanie.

731
Bède le Vénérable dédie son *Histoire ecclésiastique du peuple anglais* au roi Ceolwulf.

732
Le pape Grégoire III ayant excommunié les iconoclastes, l'empereur Léon III détache l'Illyrie, la Calabre et la Sicile de la juridiction romaine pour les rattacher au Patriarcat de Constantinople.

732
Bataille de Poitiers. Appelé à l'aide par Eudes, duc d'Aquitaine, Charles Martel arrête un raid des musulmans d'Espagne. La bataille met un terme à l'expansion arabe à l'ouest.

737
Mort de Thierry IV, seul roi des Francs. Charles Martel laisse vacant le trône mérovingien.

739
Siège de Rome par les Lombards. Le pape Grégoire III lance un appel à Charles Martel.

741
Mort de Charles Martel. Ses deux fils, Carloman et Pépin, se partagent le gouvernement du royaume franc. Les principautés périphériques se soulèvent contre la tutelle franque.

742-743
Dernière grande épidémie de peste du haut Moyen Âge en Occident.

743
Les maires du palais rétablissent un roi mérovingien en la personne de Childéric III. Il sera le dernier roi de la dynastie issue de Clovis.

743-747
Réforme de l'Église franque sous l'égide des maires du palais et de saint Boniface. Concile germanique (743), conciles de Leptinnes (Austrasie, 744) et de Soissons (Neustrie, 744). Rétablissement de la hiérarchie (provinces), restauration de la discipline, formation du clergé et lutte contre les survivances païennes.

744
Fondation de l'abbaye de Fulda en Hesse.

744
Création de marchés dans les cités du royaume franc.

746
Saint Boniface devient archevêque de Mayence.

747
Grand soulèvement kharidjite en Arabie. Les insurgés s'emparent de La Mecque et de Médine.

747
Carloman se retire au Mont-Cassin. Pépin le Bref reste seul maire du palais pour l'ensemble du royaume franc.

747
Révolte en Iran, conduite par Abû Muslim, ancien esclave d'origine persane. L'appel à la révolte est lancé au nom des Hâshimites, descendants de la famille du Prophète. Les révoltés adoptent la couleur noire (celle que portait Mahomet lors de son

entrée victorieuse à La Mecque). Ils veulent élever au Califat Abû al-Abbâs, descendant de l'oncle du Prophète. La révolte s'étend rapidement à tout l'Irak.

749

Mort de Jean Damascène, dernier des Pères de l'Église grecque. Son principal ouvrage est *La Source de la connaissance*, où il expose la foi orthodoxe, réfute l'islam assimilé à une hérésie et se montre un fervent défenseur des images.

750

Abû al-Abbâs est proclamé calife dans la mosquée de Koufa. Il écrase les troupes omeyyades à la bataille du Grand Zab. Au cours d'un banquet de « réconciliation », tous les Omeyyades sont massacrés. Les Abbassides remplacent les Omeyyades à la tête du Califat.

751

Le roi lombard Aistulf s'empare de Ravenne. Fin de l'exarchat byzantin.

751

Bataille de la rivière Talas, près d'Alma Ata. Les armées chinoises sont vaincues par les Arabes. Avancée extrême des Arabes en direction de la Chine. Des ouvriers chinois prisonniers enseignent aux Arabes la technique de la fabrication du papier.

751

Pépin le Bref dépose Childéric III et se fait élire roi des Francs par les Grands du royaume réunis à

Soissons. Il est sacré par les évêques francs à l'imitation des rois d'Israël. Il est désormais « roi par la grâce de Dieu ».

754

Le pape Étienne II rencontre Pépin le Bref à Ponthion et sollicite son aide contre la menace lombarde. Il sacre à nouveau Pépin à Saint-Denis, ainsi que ses deux fils. Le nouveau roi, « patrice des Romains », est érigé en protecteur officiel de la Papauté.

754

Martyre de saint Boniface en Frise.

CHRONOLOGIE du Moyen Âge

754-1031

Le phénomène majeur de la période 750-1000 est le rassemblement de la plupart des royaumes chrétiens sous l'autorité du souverain franc. Cette situation hégémonique et l'expansion du christianisme (*dilatatio Christianitatis*) qui l'accompagne justifient la renaissance de l'Empire, en 800, au profit de Charlemagne. Cet Empire chrétien consacre la suprématie des Francs plus qu'il ne ressuscite l'Empire romain. Mais cette réussite se révèle illusoire : elle ne se maintient que pendant quatre décennies. L'Empire est partagé et, si l'institution impériale demeure, elle n'exerce plus qu'exceptionnellement son pouvoir sur l'ensemble des royaumes chrétiens, dont les souverains cessent progressivement d'appartenir à la dynastie carolingienne. Les royaumes successeurs sont eux-mêmes bientôt condamnés à se défendre contre l'apparition d'envahisseurs normands et hongrois, venus tant par voie de mer que par voie terrestre. Les impératifs de la défense exigent une nouvelle organisation territoriale, qui favorise la montée de pouvoirs régionaux et entraîne un nouveau morcellement de l'autorité. À la fin du IXe siècle, le roi perd le contrôle de ses officiers et agents, et la royauté, devenue élective, est l'enjeu des rivalités aristocratiques. Si l'Empire est restauré au Xe siècle en faveur de la royauté saxonne, qui continue d'incarner la volonté d'expansion chrétienne au nord et à l'est, sa prétention à l'universalité demeure toute théorique. Depuis que la Papauté romaine s'est érigée en puissance temporelle (patrimoine de Saint-Pierre) et qu'elle n'hésite pas à intervenir dans la vie des différents royaumes, c'est le pape qui est le véritable chef d'une chrétienté occidentale dont l'organisation et les rites s'éloignent chaque jour davantage de ceux de la partie orientale.

Après avoir été largement amputé par les conquêtes arabes et avoir subi l'assaut de nouveaux envahisseurs slaves et bulgares, puis russes, qu'il parvient à intégrer à l'espace du christianisme oriental, l'Empire byzantin connaît un nouvel apogée à la fin du Xe siècle, marqué par une véritable renaissance culturelle et une efflorescence de la vie monastique.

Le Califat musulman, après une période de troubles sociaux et dynastiques qui accompagnent l'avènement des Abbassides, transfère son siège à Bagdad. Il y reçoit en héritage toute la culture orientale antique, grecque et persane, et connaît pendant près de deux siècles une prospérité économique et une activité intellectuelle exceptionnelles. Son expansion territoriale s'achève au milieu du VIIIe siècle. Au Xe siècle, le calife abandonne la réalité de son pouvoir aux militaires, et la partie occidentale du Califat se morcelle en principautés indépendantes.

754
Concile iconoclaste de Hiéria. Constantin V Copronyme accentue la politique iconoclaste et la lutte contre les moines.

755-762
Poursuite de l'œuvre de réforme de l'Église franque : débuts de l'organisation canoniale, institution de la dîme et diffusion de la liturgie romaine. Le gouvernement du royaume est réorganisé : les services de la chancellerie sont réservés aux clercs et le monopole royal sur la monnaie est rétabli avec la frappe d'une monnaie unique, le denier d'argent (synode de Ver, 755).

756
Deuxième expédition de Pépin le Bref en Italie. Il libère Rome, menacée par le roi lombard Aistulf. Le traité de Pavie crée les États de l'Église : Pépin remet au pape les territoires repris aux Lombards (patrimoine de Saint-Pierre). À cette occasion est invoquée la fausse Donation de Constantin, selon laquelle l'empereur romain aurait abandonné au pape Sylvestre Ier le gouvernement de la moitié occidentale de l'Empire.

756
Fondation de l'émirat de Cordoue par Abd al-Rahman Ier, prince omeyyade ayant échappé au massacre de sa famille par les Abbassides. En se proclamant émir, il rompt l'unité politique du monde musulman, mais continue à reconnaître l'autorité religieuse du calife abbasside.

757-796
Règne du roi de Mercie Offa. Hégémonie du royaume de Mercie en Angleterre.

758
Abû al-Khattâb, chef kharidjite, s'empare de Kairouan et fonde un État indépendant couvrant la Tripolitaine, la Tunisie et l'Est algérien. En 761, un autre royaume kharidjite est fondé à Tahert, au sud d'Alger, par Abd al-Rahman ibn Rustâm.

759
Prise de Narbonne par Pépin le Bref. Achèvement de la conquête de la Septimanie sur les musulmans d'Espagne (751-759).

762
Le calife Al-Mansûr (« le victorieux », celui qui reçoit le secours de Dieu) fonde Bagdad, ville circulaire entourée de huit murailles concentriques percées de quatre portes, qui représente le symbole de la puissance abbasside et l'image de son pouvoir universel. Le déplacement de la capitale califale manifeste la volonté de la dynastie de recentrer l'Empire vers l'Orient (Irak et Iran), région la plus

dynamique. L'hégémonie passe des Arabes aux Perses. Le calife, isolé par un appareil d'État et une cour, devient inaccessible. Sa fonction prend une connotation de plus en plus religieuse. Il adopte les insignes du Prophète et s'entoure d'un cérémonial et d'une étiquette empruntés à la cour des Sassanides.

766
Développement à Byzance de la politique iconoclaste. Constantin V organise à l'Hippodrome des séances d'humiliation des moines.

767-855
Fondation des quatre écoles théologiques du sunnisme (hanafisme, malékisme, chaféisme, hanbalisme).

768
Soumission de l'Aquitaine au terme de plusieurs campagnes (760-768). Le pays est ruiné et perd de son importance dans la vie du royaume.

768
Mort de Pépin le Bref. Selon la tradition franque, le royaume est partagé entre ses deux fils, Charles et Carloman.

769
Première réglementation du prêt à intérêt dans le royaume franc.

Vers 770
Apparition et diffusion de la minuscule caroline dans les *scriptoria* du royaume franc. Elle est à l'origine des caractères de l'écriture latine actuelle. Son adoption rend plus aisée et plus rapide la copie des manuscrits.

771
Mort de Carloman. Charlemagne reste seul roi des Francs.

772
Début des campagnes de Charlemagne en Saxe. Destruction de l'Irminsul, chêne sacré, principal sanctuaire des Saxons.

773
L'emploi des chiffres dits « arabes », importés de l'Inde après la conquête du Sind en 712, se répand dans le monde arabe.

773-774
Traduction en arabe des *Éléments* d'Euclide et de la *Géographie* de Ptolémée.

774
Charlemagne se rend en Italie à l'appel du pape Hadrien Ier, à nouveau menacé par les Lombards. Il s'empare de Pavie, dépose le roi Didier et est couronné roi des Lombards. Le royaume est uni à celui des Francs (« Charles roi des Francs et des Lombards »). Le duché de Bénévent conserve son indépendance.

775
Achèvement de l'abbatiale de Saint-Denis.

776
Commentaire sur l'Apocalypse par Beatus, moine de Liébana (Asturies).

778
Expédition de Charlemagne en Espagne. Échec devant Saragosse. Au cours de sa retraite, l'arrière-garde de l'armée franque est massacrée au col de Roncevaux par les montagnards basques.

778
Révolte générale des Saxons, sous la direction de Widukind. Massacre des garnisons franques.

Vers 780
Réforme monétaire de Charlemagne. Le denier d'argent devient la seule monnaie réelle.

781
Création d'un royaume d'Aquitaine en faveur de Louis, fils de Charlemagne. Reconnaissance du particularisme aquitain.

785
Début de la construction de la Grande Mosquée de Cordoue.

785
Capitulaire saxon (*Capitulatio de partibus Saxoniae*). Instauration d'un régime de terreur : baptême forcé ; la fidélité aux rites païens est punie de mort. Soumission de la Saxe. Widukind reçoit le baptême.

785
Le sacramentaire romain est introduit dans le royaume franc.

786-809
Règne du calife Haroun al-Rachid. Apogée du Califat abbasside. Le vizir, qui dirige les bureaux impériaux, devient le véritable chef du gouvernement. Il est choisi dans la famille d'origine iranienne des Barmakides. Les vizirs sont fréquemment remplacés pour éviter qu'ils ne prennent trop de pouvoir.

787
Concile de Nicée II. La régente Irène fait rétablir le culte des images. Les moines retrouvent leurs monastères et leurs privilèges. Fin de la crise iconoclaste.

788
La Bavière est incorporée au royaume franc. Supression du duché national.

789
Admonitio generalis, capitulaire organisant, à l'initiative d'Alcuin, la vie religieuse dans le royaume franc d'après les anciens canons conciliaires. Création d'écoles diocésaines et d'un programme d'enseignement destiné à la formation morale et intellectuelle du clergé. Institution des *missi dominici*, permettant le contrôle régulier des comtes. Un serment de fidélité au roi est exigé de tous les hommes libres du royaume.

789
Fondation au Maroc de la dynastie des Idrissides par Idriss Ier, partisan d'Ali. Fondation de la ville de Fès.

790
Rédaction des *Libri carolini*, capitulaire franc sur le culte des images, rejetant certains canons de Nicée II.

790
Alcuin, ancien maître à l'école capitulaire d'York, est placé à la tête de l'école palatine d'Aix.

791-842
Règne dans les Asturies d'Alphonse II le Chaste, qui apparaît comme le restaurateur du royaume wisigothique.

793
Premiers raids vikings en Angleterre septentrionale. Pillage de l'abbaye de Lindisfarne.

793
Bataille de l'Orbieu. Le duc Guillaume de Toulouse est battu en tentant de repousser un raid de l'émir de Cordoue qui atteint Narbonne.

794
Assemblée synodale de Francfort. Condamnation de l'adoptianisme, hérésie diffusée en Espagne et Septimanie et professant que le Christ n'est fils de Dieu que par « adoption et grâce ».

796
Après plus de dix ans de lutte, Charlemagne soumet les Avars, peuple d'origine asiatique installé dans la

cuvette du Danube, d'où il mène des raids à travers toute l'Europe centrale. Le royaume avar disparaît.

796-804
Alcuin abbé du monastère Saint-Martin de Tours.

796-805
Construction de la chapelle palatine d'Aix.

797
Second capitulaire saxon. Choix d'une politique de pacification. Christianisation rapide des Saxons, qui s'intègrent à la vie du royaume franc.

797
À Constantinople, majorité de l'empereur Constantin VI. Sa mère Irène, qui exerce la régence depuis 780, lui fait crever les yeux, le dépose et règne seule. Elle est la première femme à régner à Byzance avec le titre d'empereur (*basileus*).

797-807
Échange d'ambassades entre Charlemagne et Haroun al-Rachid en vue d'une alliance contre leurs ennemis communs, Byzance et Cordoue.

799
Première attaque des Normands en Gaule.

799
Mort de Paul Diacre, auteur de l'*Historia gentis Longobardorum.* Séjournant à la cour de Charlemagne à partir de 782, il est l'un des principaux représentants de la « renaissance » carolingienne.

25 décembre 800

Couronnement impérial de Charlemagne par le pape Léon III, dans la basilique Saint-Pierre de Rome. La cérémonie consacre la situation exceptionnelle à laquelle est parvenu le souverain franc au terme de conquêtes qui ont soumis à son autorité presque tout l'Occident chrétien. Elle souligne que le pouvoir impérial vient de Dieu avant d'être transmis au souverain par le pape, représentant de Dieu sur terre. L'Empire est restauré en Occident au profit du souverain franc. La Papauté se détourne de Byzance et lie son sort aux Carolingiens.

801

Prise de Barcelone par Louis d'Aquitaine, fils de Charlemagne. La conquête franque en Espagne s'arrête en 812 au sud de Barcelone (rivière du Llobregat). Le territoire conquis, divisé en plusieurs comtés, parfois désigné sous le nom de Marche d'Espagne, est à l'origine de la Catalogne.

802-839

Egbert, roi du Wessex, exerce l'hégémonie sur les autres royaumes anglo-saxons.

803

Rupture entre Charlemagne et Byzance.

803-804

Reconquête du Péloponnèse par les Byzantins. Les populations slaves sont christianisées et assimilées.

805
Expédition franque en Bohême. Apparition des Tchèques dans l'histoire.

806
Premier raid sarrasin en Corse. Les Sarrasins d'Afrique du Nord organisent la guerre de course en Méditerranée.

806
Charlemagne s'installe à Aix-la-Chapelle, qu'il constitue en capitale.

806
Capitulaire de Nimègue interdisant l'usure.

806
À Thionville, projet de partage de l'Empire carolingien entre les trois fils de Charlemagne.

809
Concile d'Aix-la-Chapelle. Contre l'avis du pape, Charlemagne fait insérer dans la récitation du Credo de Nicée la formule du *filioque* sur la procession du Saint-Esprit.

811
Bataille de Virbitza. L'empereur Nicéphore Ier est tué en combattant les Bulgares du khan Krum, qui met en 813 le siège devant Constantinople. Apogée de la puissance bulgare.

812
Paix entre Charlemagne et Byzance. Charles rétrocède la Vénétie et la Dalmatie. Les ambassadeurs byzantins le saluent comme *imperator et basileus.*

813
Charlemagne décide d'associer Louis, son seul fils survivant, au gouvernement de l'Empire et lui remet directement la couronne impériale.

813
Conciles réformateurs dans l'Empire franc. Le concile de Tours recommande l'utilisation de la langue courante dans la prédication. Reconnaissance de l'existence d'une nouvelle langue parlée, qui n'est plus le latin, lequel n'est plus parlé en Gaule depuis la fin du VIIe siècle.

813-833
Règne du calife abbasside al-Ma'mûn, qui se montre favorable au mu'tazilisme, mouvement visant à concilier l'islam et le rationalisme dérivé de la philosophie antique. La doctrine sera ensuite violemment combattue et éliminée sous l'action des *fuqahâ'* (juristes).

28 janvier 814
Mort de Charlemagne à Aix-la-Chapelle. Avènement de Louis le Pieux.

814
Appelé à l'abbaye d'Inden (Cornelimünster), Benoît d'Aniane dirige la réforme du monachisme franc.

815
Rétablissement de l'iconoclasme par Léon V. Concile iconoclaste de Sainte-Sophie.

816
La Règle d'Aix (*Institutio canonicorum*), inspirée de celle de Chrodegang de Metz, devient la règle commune des chapitres de chanoines.

817
Réforme monastique de Benoît d'Aniane. La Règle de saint Benoît est imposée à toutes les abbayes de l'Empire. Rétablissement d'une clôture sévère.

817
Ordinatio imperii. Louis le Pieux fait de son fils aîné Lothaire son unique successeur à la tête de l'Empire. Pépin et Louis, rois en Aquitaine et en Bavière, restent sous l'autorité de leur frère. Fin de la vieille coutume franque de partage du pouvoir entre les héritiers mâles.

819
Remariage de Louis le Pieux avec Judith, princesse bavaroise.

822
Pénitence d'Attigny. Tous les Grands de l'Empire participent avec Louis le Pieux à une pénitence publique. Moment d'euphorie unitaire et mystique.

13 juin 823
Naissance de Charles le Chauve à Francfort. En voulant lui réserver une part d'héritage, Louis le Pieux est amené à remettre en cause l'*Ordinatio* de 817.

824
Constitutio romana. Louis le Pieux place la Papauté sous le contrôle de la juridiction impériale. Chaque

nouveau pape, ainsi que ses sujets, devront prêter serment de fidélité à l'empereur.

Vers 825
Première unification des royaumes anglo-saxons sous l'autorité d'Egbert de Wessex.

826
Mission de saint Anschaire en Scandinavie. Harald de Danemark reçoit le baptême à Ingelheim.

827
Les Arabes conquièrent la Crète et en font une base de piraterie maritime.

827-850
Le mu'tazilisme, religion d'État chez les Abbassides. École théologique dont les thèses sont sur plusieurs points antinomiques des thèses sunnites.

828-840
Eginhard compose la *Vita Karoli Magni*, biographie de Charlemagne.

829
« Découverte » du tombeau de saint Jacques en Galice, dans le « champ de l'étoile » (Compostelle).

830
Première révolte des fils de Louis le Pieux.

Vers 830
Premières manifestations de l'essor économique de Venise.

831
Fondation de l'évêché de Hambourg pour l'évangélisation des Danois.

831
À Aix-la-Chapelle, nouveau projet de partage de l'Empire carolingien.

832
Fondation à Bagdad de la Maison de la sagesse (*Bayt al-Hikma*). Intense activité de traduction des œuvres grecques.

833
Nouvelle révolte des fils de Louis le Pieux. Le 30 juin, au Lügenfeld (« champ du mensonge »), Louis se rend aux insurgés. Jugé et privé de la dignité impériale, il doit faire pénitence publique à Saint-Médard de Soissons.

1er mars 834
Restauration de Louis le Pieux, à nouveau couronné empereur à Metz en 835.

Apr. 834
Les raids normands en Gaule deviennent annuels.

839
Création d'un royaume normand en Irlande.

30 mai 839
Donation de Worms. Louis le Pieux procède à un ultime partage de l'Empire entre Lothaire et Charles le Chauve. Louis, relégué en Bavière, se soulève.

840
Mort de Louis le Pieux. Conflit entre Lothaire, qui réclame toute la succession, et ses deux frères.

840
Prise de Tarente par les Sarrasins.

841
Bataille de Fontenoy-en-Puisaye. Les armées de Louis le Germanique et Charles le Chauve écrasent celle de Lothaire.

841-843
Dhuoda, épouse de Bernard de Septimanie, rédige son *Manuel* (*Liber manualis*), traité d'éducation à l'intention de son fils aîné Guillaume.

14 février 842
Serments de Strasbourg. Louis le Germanique et Charles le Chauve s'engagent par un serment (qu'ils prêtent réciproquement dans la langue parlée par les troupes de l'autre, Louis en langue « romane », Charles en « tudesque ») à se prêter aide mutuelle jusqu'à la victoire sur Lothaire. Ils s'emparent du palais d'Aix-la-Chapelle.

Apr. 842
Raban Maur, abbé de Fulda, rédige le *De rerum naturis* (*De universo*), encyclopédie générale en vingt-deux livres destinée à remplacer les *Étymologies* d'Isidore.

Août 843
Traité de Verdun. Partage de l'Empire carolingien en trois parts sensiblement égales et continues. La

Francie occidentale, à l'ouest d'une ligne suivant le cours des quatre fleuves (Escaut, Meuse, Saône et Rhône), échoit à Charles le Chauve. La Francie orientale, à l'est du Rhin et au nord des Alpes, à Louis le Germanique. Entre les deux, un territoire allongé de la mer du Nord à l'Italie et comprenant les deux capitales, Aix et Rome, est attribué à Lothaire qui conserve le titre impérial. Malgré un engagement de « confraternité » entre les trois souverains, chacune des trois unités aura désormais son histoire propre et l'ensemble ne sera plus qu'exceptionnellement réunifié.

Novembre 843

Assemblée de Coulaines. Charles le Chauve conclut avec les Grands de son royaume un pacte de « concorde et amitié » par lequel il s'engage à assurer la paix et la justice, cependant que les Grands lui promettent « aide et conseil ». Première définition d'une royauté contractuelle.

843

Rétablissement définitif du culte des images dans l'Empire byzantin. Fin de la querelle iconoclaste. Le 11 mars, une cérémonie solennelle à Sainte-Sophie célèbre la « restauration de l'orthodoxie ». À chaque anniversaire est désormais célébrée la fête de l'orthodoxie.

844

Paschase Radbert, abbé de Corbie, rédige un traité sur l'Eucharistie (*De corpore et sanguine Domini*), où il affirme avec netteté la présence réelle du Christ dans les espèces consacrées. Ce premier traité de théologie eucharistique sera exhumé au XIe siècle et contribuera à la définition de la doctrine orthodoxe concernant la « présence réelle ».

845
Condamnation du commerce des esclaves au concile de Meaux.

845
Les Normands pillent Paris, qu'ils ne quittent qu'après le versement d'un tribut (*danegeld*).

846
La basilique Saint-Pierre de Rome est pillée par les Sarrasins. Le pape Léon IV entreprend la construction d'une muraille autour de la « cité léonine ».

846
Bible du comte Vivien, dite de Charles le Chauve, enluminée à Saint-Martin de Tours.

À partir de 847
Début de la construction de la Grande Mosquée de Samarra, le plus grand sanctuaire jamais élevé en terre d'Islam, dont il reste l'enceinte et le minaret en hélice.

849
Condamnation au concile de Quierzy de la doctrine du moine Gottschalk sur la double prédestination.

851-859
Martyrs volontaires de Cordoue. Trente-six chrétiens sont exécutés. Arrestation et martyre d'Euloge, animateur du mouvement.

866-910
Règne dans les Asturies d'Alphonse III le Grand. Le principe de la succession héréditaire s'impose. Alphonse prend le titre d'*imperator* et fait d'Oviedo une vraie capitale, se posant en successeur des rois de Tolède.

850
Premiers établissements permanents de Normands à l'embouchure de la Loire et de la Seine.

850
Rédaction des *Fausses Décrétale,* collection canonique composée dans la région de Reims, attribuée à Isidore de Séville et comprenant de nombreuses falsifications. Elle est fabriquée dans le but de renforcer les pouvoirs du pape et des évêques aux dépens des métropolitains, et de soustraire le clergé à l'autorité des laïcs.

850
Confection du psautier d'Utrecht.

Vers 850
Apparition des neumes, première forme de représentation graphique des sons en Occident.

851
La Bretagne devient indépendante.

852
Première mention de guildes et de confréries d'artisans.

855
Mort de l'empereur Lothaire Ier. Son royaume est partagé entre ses trois fils. L'aîné, Louis II, s'installe en Italie avec le titre impérial.

856
Mort de Raban Maur, abbé de Fulda et archevêque de Mayence, un des principaux représentants de la renaissance carolingienne, poète, exégète, encyclopédiste et pédagogue (traité sur l'instruction des clercs).

858
Louis le Germanique envahit la Francie occidentale à l'appel des révoltés aquitains qui lui offrent la couronne. Devant la résistance du clergé regroupé derrière Hincmar de Reims, qui refuse de le sacrer, il se retire en janvier 859.

860
Affaire du divorce de Lothaire II, roi de Lorraine. Le souverain s'efforce en vain de faire annuler un mariage resté stérile afin de pouvoir épouser sa maîtresse Waldrade, dont il a un fils, et qu'il épouse en 862. Le pape Nicolas Ier et Hincmar obligent Lothaire à reprendre sa femme. C'est la première intervention de l'Église dans une affaire de divorce.

860
Apparition des Russes, arrivés par mer, sous les murs de Constantinople. La ville est défendue par le patriarche Photios. Entrée des Russes dans l'histoire.

861

Début d'une période de grande instabilité dans le Califat abbasside. Le principe d'une monarchie héréditaire ne parvient pas à s'imposer. Les califes choisissent leur successeur dans leur famille, mais selon des critères variables que complique la polygamie. Du fait qu'ils prennent souvent des esclaves pour concubines, la plupart des califes après 809 sont des fils d'esclaves.

Vers 862

Fondation de Novgorod par les Varègues de Rurik.

862

Otfried de Wissembourg traduit le Nouveau Testament en allemand.

863

Mission d'évangélisation des moines Constantin-Cyrille et Méthode chez les Slaves de Grande-Moravie. Traduction des Évangiles et de la liturgie grecque en slavon (vieux slave). Invention de l'écriture glagolitique, qui deviendra le cyrillique.

863

Mort de Charles de Provence, troisième fils de Lothaire Ier. Son royaume est partagé entre ses frères Louis II et Lothaire II.

863

Le pape Nicolas Ier excommunie Photios, patriarche de Constantinople promu dans des conditions discutables, que soutient l'empereur Michel III. Le synode de Constantinople répond en excommuniant

Nicolas Ier. Premier schisme entre Rome et Constantinople (863-867).

864
Édit de Pîtres. Charles le Chauve prend des mesures pour lutter contre les raids normands (construction de ponts, formation de grands commandements régionaux). D'autres mesures concernent la monnaie et les marchés.

864
Bataille de Brissarthe. Robert le Fort, marquis de la Marche de Bretagne, est tué dans un combat contre une armée normande remontant la Loire.

864
Conversion de Boris Ier, khan des Bulgares, qui prend à son baptême le nom de Michel et le titre de tsar, puis fait baptiser son peuple. Entré dans l'espace chrétien, il ambitionne de remplacer l'Empire byzantin.

Vers 865
Jean Scot Érigène, moine irlandais dont l'œuvre théologique exercera une profonde influence sur la pensée scolastique, rédige *De divisione naturae*.

866-867
Conquête de la Northumbrie par les Normands. L'Angleterre devient terre de colonisation normande.

867

Avènement dans l'Empire byzantin de Basile Ier, fondateur de la dynastie macédonienne (867-1056). Période glorieuse de l'histoire byzantine.

867

Disgrâce de Photios. L'union est rétablie entre Rome et Byzance.

868

Ahmed ibn Tulun crée en Égypte une dynastie de gouverneurs, les Tulunides, virtuellement indépendante du Califat (868-905).

869

Mort de Lothaire II. Charles le Chauve est sacré roi de Lorraine à Metz.

871-899

Règne d'Alfred le Grand, roi de Wessex. Après un désastre initial, il triomphe des Normands au terme de durs combats.

872

« Harald à la belle chevelure » (*Harfager*) achève l'unification de la Norvège.

873

Mort à Bagdad d'Al-Kindi. Surnommé le « philosophe des Arabes », il est l'auteur de près de deux cent cinquante ouvrages, où il traite des diverses sciences et techniques – en particulier de la géographie et de la cartographie. Son œuvre la plus célèbre est *Le Livre de la philosophie première*, inspiré de

Platon et surtout d'Aristote. Partisan de la discussion dialectique (*kalâm*) et proche des mu'tazilites, il connaît la disgrâce à l'avènement d'Al-Mutawakkil.

873-874
L'empereur byzantin Basile Ier ordonne la conversion des juifs de l'Empire.

875
Mort de Louis II. Couronnement impérial de Charles le Chauve à Rome (25 décembre).

875-900
Majesté de Sainte-Foy de Conques. Apparition de la statue-reliquaire.

876
Mort de Louis le Germanique. Son royaume est partagé entre ses trois fils : Carloman (Bavière), Louis le Jeune (Franconie, Thuringe et Saxe) et Charles le Gros (Alémanie et Souabe).

14 juin 877
Capitulaire de Quierzy. Charles le Chauve reconnaît officiellement le droit des fils de comtes et de vassaux à succéder à leur père dans ses honneurs et bénéfices. Ce capitulaire marque une étape importante vers l'hérédité des fiefs et des dignités publiques.

877
Charles le Chauve se rend en Italie à l'appel du pape Jean VIII, mais bat en retraite devant la menace d'intervention d'une armée bavaroise. Il meurt le 6 octobre.

878

Guifred le Velu reçoit les comtés de Barcelone et Gérone. Il regroupe sous son autorité la quasi-totalité des comtés « catalans » et prend le titre de *marchio*. L'année 878 marque la dernière intervention du pouvoir franc dans le choix des comtes catalans.

878

Bataille d'Edington. Alfred le Grand remporte un succès décisif sur les Normands. Il met son pays à l'abri derrière des fortifications, ou *burhs*, tenues par des garnisons permanentes.

878

Destruction par Basile Ier de la capitale de l'État des hérétiques pauliciens, Téphrikè.

15 octobre 879

Boson, comte de Vienne et de Lyon, est couronné roi de Provence à Mantaille. Premier cas de couronnement royal hors de la famille carolingienne.

879

Mort d'Anastase le Bibliothécaire, savant helléniste, bibliothécaire du Latran, conseiller des papes et meilleur expert occidental sur les affaires byzantines.

Vers 880

Soulèvement d'Umar ibn Hafsun et des *muwalladun* (nouveaux convertis) dans Al-Andalus.

881

Couronnement impérial de Charles le Gros à Rome par le pape Jean VIII. L'institution impériale, qui renaît après un hiatus de quatre ans, est désormais entre les mains de la Papauté.

881
Cantilène de sainte Eulalie, le plus ancien poème conservé en langue romane d'oïl.

Juin 885
À Ponthion, les Grands de Francie occidentale élisent comme roi Charles le Gros. Déjà roi de Francie orientale et empereur, il réunit sous son autorité la totalité de l'héritage carolingien.

882
Oleg le Sage, chef des Varègues, unifie le Nord (Novgorod) et le Sud (Kiev) de la Russie ; il s'installe à Kiev, qui devient la capitale du premier État russe.

883
Destruction du Mont-Cassin par les Sarrasins.

885-886
Siège de Paris par les Normands. Le comte de Paris, Eudes, fils de Robert le Fort, défend la ville, mais Charles le Gros obtient le départ des assiégeants moyennant le versement de sept cents livres et l'autorisation d'hiverner en Bourgogne.

886
Reprise de Londres par Alfred le Grand. Par un traité de paix, il reconnaît aux Danois la possession du Nord-Est de l'Angleterre (Mercie, East-Anglie), qui constitue le Danelaw.

Apr. 886

L'empereur byzantin Léon VI promulgue les *Basiliques*, réforme du Code de Justinien.

887

Les Grands de Francie orientale, réunis à Tribur, déposent Charles le Gros, qui meurt le 1er janvier 888. Fin de l'Empire carolingien. Le titre impérial sera encore porté épisodiquement jusqu'en 924 par les rois de Germanie ou d'Italie.

888

Eudes, comte de Paris, est élu roi de Francie occidentale et sacré par l'archevêque de Sens. Il est le premier non-carolingien à occuper le trône de France.

888-890

Apparition de nouvelles royautés en Bourgogne (Rodolphe), Provence (Louis) et Italie (Guy, marquis de Spolète). Démembrement des royaumes issus du partage de Verdun.

890

Des Sarrasins venus d'Espagne occupent Fraxinetum (La Garde-Freinet), dans le massif des Maures, d'où ils mènent des incursions en Provence et Lombardie.

890

Révolte des Qarmates, paysans pauvres du sud de l'Irak, touchés par la prédication de Hamdân Qarmat, chiite prônant l'égalité sociale et la proche venue de Mahdi. En 900, ils menacent la Syrie et assiègent Damas.

891
Alfred le Grand promulgue un nouveau code de lois anglo-saxonnes. Il traduit de nombreux ouvrages en anglo-saxon et commence la rédaction de la *Chronique anglo-saxonne*.

893
Les imams zaidites, professant un chiisme modéré, fondent au Yémen une dynastie indépendante.

895
Établissement des Hongrois dans les plaines du Danube et de la Tisza, d'où ils lancent des expéditions dévastatrices en direction de l'Europe occidentale. Trente-cinq raids sont dénombrés entre 899 et 955.

896-963
La Papauté est aux mains de l'aristocratie romaine.

898
Mort du roi Eudes. Charles le Simple, avec qui il partageait le trône depuis 896, lui succède. La dynastie carolingienne est restaurée.

Fin du IXe siècle
Installation de l'hérédité des charges comtales dans les royaumes issus de l'Empire carolingien.

Début du Xe siècle
Affaiblissement du Califat abbasside. Multiplication des troubles sociaux et religieux. Les militaires deviennent les vrais maîtres du pouvoir. Le monde musulman se divise. Des dynasties locales, vassales

des Abbassides, se rendent indépendantes. D'autres se posent en rivales.

Vers 900

Al-Rhazi, médecin persan d'expression arabe, qui a dirigé des hôpitaux importants à Bagdad, où il meurt en 932, compose les premiers textes arabes indépendants sur la médecine. Son *Traité de la petite vérole et de la rougeole* contient les premières descriptions cliniques de ces maladies.

902-908

Les Hongrois anéantissent l'État de Grande-Moravie.

905

Saint-Jacques-de-Compostelle, siège d'un évêché depuis 902, devient un lieu de pèlerinage.

906

Affaire de la tétragamie. Le patriarche Nicolas Mysticos interdit à Léon VI l'entrée de Sainte-Sophie à Noël et le jour de l'Épiphanie. Léon VI (886-913) a épousé successivement quatre femmes avant d'avoir une descendance. Développement d'une légitimité dynastique et familiale (insistance sur la qualité de porphyrogénète, « né dans la pourpre »).

909 (ou 910)

Fondation de l'abbaye de Cluny par Guillaume le Pieux, duc d'Aquitaine.

909

Création en Ifriqiya de la dynastie chiite ismaélienne des Fatimides par Ubayd Allah al-Mahdi, qui se proclame à Kairouan calife de tous les musulmans.

910-930

Les rois asturiens mènent plusieurs campagnes en Al-Andalus. Ils fondent dans leur royaume des monastères qui accueillent de nombreux chrétiens mozarabes.

911

Traité de Saint-Clair-sur-Epte. Le roi Charles le Simple abandonne au chef normand Rollon la basse vallée de la Seine, autour de Rouen, contre une prestation d'hommage. La région devient la Normandie (« province des hommes du Nord »).

911

Mort du roi Louis l'Enfant. Extinction de la dynastie carolingienne en Francie orientale, qui devient la Germanie. Les Grands élisent Conrad Ier, duc de Franconie, roi de Germanie.

913

Syméon de Bulgarie vient à Constantinople avec son armée demander la couronne impériale.

914-924

Le roi asturien Ordoño II transfère sa capitale à Léon, au sud de la cordillère cantabrique. La ville donne son nom au royaume.

915
Construction de l'abbatiale de Cluny I.

919
Début de la reconquête du Danelaw par les rois anglo-saxons.

919
Henri Ier l'Oiseleur, duc de Saxe, est élu roi de Germanie. Il s'attache à obtenir la soumission des ducs nationaux et à endiguer les raids hongrois.

922-923
Révolte de l'aristocratie contre Charles le Simple. Le roi s'enfuit en Lorraine. Robert de Neustrie, frère de l'ancien roi Eudes, est élu roi (Robert Ier). À sa mort, les Grands offrent la couronne à son neveu Raoul de Bourgogne. Charles le Simple est emprisonné dans la forteresse de Saint-Quentin.

923
Mort de Tabari (Abû Jaafar Muhammad ibn Jarir al-Tabari), le plus grand historien de l'époque abbasside, auteur d'une *Chronique universelle*, qui inclut une vaste analyse des premiers siècles de l'Islam.

924
Siège de Constantinople par les Bulgares. Le tsar Syméon Ier est reçu par le patriarche qui lui remet une couronne (de lauriers ?) au titre de *basileus* de Bulgarie.

924
Assassinat de Bérenger Ier, roi d'Italie et empereur. Extinction de l'institution impériale. Le titre ne sera plus porté jusqu'en 962.

Après 925
Diffusion de la charrue au nord de la Loire.

927-928
Élaboration du plus ancien astrolabe conservé (exposé au musée national du Koweït).

928-929
Expédition de Henri Ier sur la Havel. Soumission des tribus Wilzes et construction de la place forte de Brandebourg. Début du *Drang nach Osten* germanique (« marche vers l'est »).

929
Création du califat de Cordoue. Abd al-Rahman III, émir depuis 912, se proclame calife, affirmant, en tant que descendant des Omeyyades, l'indépendance totale d'Al-Andalus. Il fait construire près de Cordoue une ville princière, Medina al-Zahra, s'entoure de toute une pompe orientale et noue des relations diplomatiques avec les États chrétiens. La civilisation arabo-andalouse connaît son apogée aux Xe et XIe siècles : intense activité philosophique, médecine, architecture et hydraulique, jardins botaniques de Séville, nombreuses bibliothèques.

929
Venceslav (Vaclav), prince des Slaves de Bohême, assiégé dans son château de Prague, reconnaît la suzeraineté du souverain germanique.

930
Fin de la première phase d'expansion normande.

930
Abou Tahir, chef du mouvement qarmate, s'empare de La Mecque et enlève la pierre noire de la Kaaba.

Vers 930-1000
Certaines communautés monastiques (dont Saint-Gall, le Mont-Cassin et Fleury-sur-Loire) entreprennent d'illustrer les messes de Noël et de Pâques par la mise en scène des passages de l'Écriture évoquant un dialogue. Naissance du drame liturgique et du théâtre religieux dans le monde chrétien.

936
Mort du roi Raoul. Louis IV d'Outremer, fils de Charles le Simple, devient roi de France et est sacré à Laon. Nouvelle restauration de la dynastie carolingienne en Francie occidentale. Hugues le Grand, fils du roi Robert et artisan de la restauration carolingienne, reçoit le titre de *dux Francorum*, qui fait de lui le second personnage du royaume.

936
Mort de Henri Ier. Avènement d'Otton le Grand, élu « par droit héréditaire » roi de Germanie. À Aix-la-Chapelle, les ducs nationaux servent le nouveau roi au cours du banquet suivant le couronnement.

936
Le calife Al-Râdî nomme le gouverneur de l'Irak « gouverneur des gouverneurs » (*amîr al-umarâ*), cumulant les fonctions de chef de l'armée et de chef

du gouvernement. La réalité du pouvoir dans le Califat est désormais aux mains des militaires.

937
Fondation de l'abbaye de Magdebourg, point de départ des missions au-delà de l'Elbe, en territoire slave.

940-986
Règne d'Harald à la dent bleue (Harald *Blaatand*). Il unifie le Danemark et tente d'imposer sa suzeraineté à la Norvège.

943
Restauration du Mont-Cassin.

944
Transfert de la Sainte Face (*Mandylion*) d'Édesse à Constantinople.

945
Le chiite iranien Ahmad ibn Buwwayh entre à Bagdad, remplace le calife et prend le titre d'émir. Il fonde la dynastie des émirs bouyides, qui reste au pouvoir jusqu'en 1055.

Vers 946
Baptême et voyage à Constantinople de la princesse russe Olga.

948
Hambourg devient la métropole des pays scandinaves.

Milieu du Xe siècle
Première rédaction des *Mille et Une Nuits*, contes d'origine persane et indienne (c'est le cas pour Schéhérazade), progressivement islamisés et arabisés par l'adjonction d'histoires élaborées dans l'Irak abbasside (comme celle de Sindbad le Marin).

Vers 950
Premières mentions de défrichements en Europe occidentale.

Vers 950
Mort à Damas du philosophe d'origine turque Al-Farabi, auteur d'une centaine d'ouvrages, dont vingt-deux volumes consacrés aux commentaires des philosophes anciens, Aristote en particulier (*Commentaria in Aristotelem graeca*) – ce qui lui valut le surnom de « second maître », le premier restant Aristote. Pour Al-Farabi, le philosophe incarne la perfection vers laquelle doit tendre tout individu, et la vérité philosophique est universelle.

Vers 950
En Amérique centrale, la civilisation maya entre en décadence et est progressivement absorbée par la civilisation des Toltèques du plateau central. Essor des cités de Chichen Itza et Uxmal au Yucatan.

951
Otton le Grand se rend en Italie. Élu roi d'Italie à Pavie, il laisse le gouvernement du pays au vice-roi Bérenger.

953
Révolte des Grands de Germanie. Otton triomphe de la coalition. Il nomme son frère Brunon archevêque de Cologne. Face à la turbulence des Grands laïcs, il choisit de s'appuyer sur l'épiscopat à qui il confie des charges politiques. Naissance du *Reichkirchensystem.*

954
Mort du roi Louis IV. Avènement de Lothaire. Les droits de son frère Charles sont ignorés. Hugues le Grand exerce sa tutelle sur le nouveau roi.

954
Adson de Montiérender rédige son *Traité sur l'Antéchrist.*

954-992
Borrell, comte de Barcelone, envoie trois ambassades à Cordoue et place son comté dans la vassalité du calife.

10 août 955
Otton Ier remporte sur les Hongrois, au Lechfeld, près d'Augsbourg, une victoire décisive, qui met fin aux raids. Les Hongrois s'installent définitivement dans la plaine du Danube.

956-975
Edgar le Pacifique, roi de Wessex, s'impose comme roi de toute l'Angleterre et prend le titre d'empereur. En 973, il est couronné et sacré selon le cérémonial franc par saint Dunstan, archevêque de Canterbury.

958
Premiers groupements de métiers en Italie du Nord.

959
Mort de l'empereur byzantin Constantin VII Porphyrogénète. Protecteur des lettres et des arts, auteur de discours devant les étudiants de l'Université, il fut l'un des principaux représentants du courant encyclopédique byzantin du Xe siècle et anima la rédaction d'une précieuse encyclopédie politique (*Livre des thèmes*, *Livre des cérémonies* et surtout *Livre de l'administration de l'Empire*).

960
Hugues Capet, fils de Hugues le Grand, est confirmé dans les titres et fonctions de son père. Outre le titre ducal, il possède une dizaine de comtés et l'abbatiat laïc de plusieurs abbayes. Le centre de gravité de sa principauté s'oriente selon un axe Paris-Orléans. Des liens matrimoniaux l'unissent aux autres principautés du royaume.

Apr. 960
Sous la dynastie des Song (960-1279), âge d'or de la porcelaine chinoise qui se répand en Asie du Sud-est et au Japon.

961
Fondation du monastère de la Lavra par saint Athanase, à l'origine de l'État monastique du Mont-Athos.

961-976

Règne à Cordoue du calife Al-Hakam II. Apogée du Califat, qui connaît une période de paix, exerce son hégémonie sur la péninsule et jouit d'un immense prestige dans tout l'Occident.

961-1045

Ani capitale du rayaume arménien des Bagratides.

962

Magdebourg est érigé en métropole.

2 février 962

Otton Ier, revenu en Italie à l'appel du pape, est couronné empereur par Jean XII. Fondation du Saint Empire romain germanique. Bien que son autorité se limite à la Germanie et à l'Italie, Otton revendique un pouvoir universel. Son règne voit le début d'une « renaissance ottonienne » dans le domaine des arts (architecture, enluminure des manuscrits) et des lettres (importante œuvre poétique et théâtrale de Hrotsvita de Gandersheim).

962

Fondation en Afghanistan de la principauté Ghaznévide par Subuk-Takin, esclave turc des Abbassides. Première principauté turque indépendante.

963

Otton Ier fait juger et déposer le pape Jean XII. Il interdit à l'avenir aux Romains de choisir un pape « en dehors du consentement et du choix du seigneur Otton ». La Papauté passe sous la tutelle impériale. Le *Reichskirchensystem* s'étend à l'Italie.

965
Baptême du roi de Danemark Harald à la dent bleue (« Il a fait les danois chrétiens »). Sur la pierre de Jelling est gravée la plus ancienne représentation de la crucifixion en Scandinavie.

Vers 965-970
Gerbert d'Aurillac introduit en Occident l'usage des chiffres arabes.

966
Fondation de l'abbaye du Mont-Saint-Michel par Richard Ier de Normandie.

967
Baptême du duc de Pologne Miesko. Entrée de la Pologne dans la chrétienté romaine. En 968, Miesko fonde l'évêché de Poznan.

967
Gerbert d'Aurillac en Catalogne (à l'abbaye de Ripoll ?), où il découvre la science arabe, en particulier les mathématiques.

969
Les Fatimides se rendent maîtres de l'Égypte et fondent une nouvelle capitale au Caire. L'Égypte reste le centre de la dynastie chiite jusqu'en 1171.

969
Reconquête d'Antioche par les Byzantins.

970
Le comté de Castille acquiert son indépendance vis-à-vis du royaume de Léon sous le gouvernement de García Fernandez (970-995).

Vers 970
Premier essor des moulins à eau en Europe.

972
Mariage d'Otton, héritier de la couronne germanique, avec la princesse byzantine Théophano.

973
Le comte Guillaume de Provence chasse les Sarrasins de La Garde-Freinet.

973
Fondation au Caire de la mosquée-université Al-Azhar, qui s'imposera comme le foyer de l'orthodoxie musulmane.

975
Rédaction du *Beatus* de Gérone, manuscrit enluminé de l'œuvre de Beatus de Liébana.

976
Consécration du premier évêque de Prague, Thietmar, par l'archevêque de Mayence.

978-1002
Dictature à Cordoue de Muhammad ibn Abi Amir, surnommé Al-Mansûr (« le Victorieux »), qui exerce la réalité du pouvoir avec le titre de *hadjib* (chambellan). Il ranime la guerre sainte contre les royaumes chrétiens du Nord et mène contre eux cinquante-sept campagnes victorieuses, au cours desquelles il razzie Zamora, Barcelone, Coimbra, Léon et Saint-Jacques-de-Compostelle.

980
Gerbert améliore l'abaque, instrument de calcul permettant de compter en chiffres romains. Par ses connaissances en géométrie, astronomie et musique, dont témoignent sa correspondance et son enseignement, Gerbert est considéré comme le plus grand savant de l'époque dans l'Europe chrétienne.

981
Consécration de l'église abbatiale de Cluny II.

982
Reprise des raids danois sur l'Angleterre. Le roi Ethelred tente d'arrêter leur expansion en payant de lourds tributs (*danegeld*) prélevés sur l'ensemble de la population.

982
Découverte du Groenland par les Norvégiens.

983-1002
Règne d'Otton III. L'empereur, dont le gouvernement personnel ne débute qu'en 996, rêve d'un empire universel exerçant le *dominium mundi* sous la direction commune de l'empereur et du pape, siégeant tous deux à Rome. Il conçoit l'Empire comme une fédération de royaumes et de peuples unis sous la tutelle de l'empereur qui tient dans sa main le globe de l'univers. L'évangéliaire de Reichenau (dit d'Otton III) le représente, revêtu des insignes impériaux, accueillant les offrandes des peuples de l'Empire.

983
Soulèvement général des Slaves à l'est de l'Elbe contre la présence germanique.

985
Sac de Barcelone par Al-Mansûr. Le comte Borrell sollicite en vain l'aide des souverains francs Lothaire, puis Hugues Capet. Les comtes catalans cessent toute forme de relation politique avec le royaume franc. Indépendance de fait de la future Catalogne.

985
Baptême du prince hongrois Vajk, qui reçoit le nom chrétien d'Étienne.

986
L'explorateur norvégien Erik le Rouge fonde une colonie sur la côte sud-ouest du Groenland.

21 mai 987
Mort de Louis V, dernier représentant de la dynastie carolingienne en Francie occidentale.

987
Élection (1er juin, à Senlis) et sacre (3 juillet, à Noyon) d'Hugues Capet comme roi des Francs. Le discours prononcé par l'archevêque de Reims Adalbéron est décisif dans le choix de l'assemblée de Senlis.

30 décembre 987
Prenant prétexte de l'appel à l'aide du comte de Barcelone, Hugues Capet associe au trône son fils Robert et le fait sacrer à Orléans. Le principe dynastique est subrepticement rétabli.

988-989

Baptême du Grand Prince de Kiev Vladimir Ier le Grand (978-1015), qui a épousé la princesse byzantine Anne, sœur de Basile Ier. Conversion des Russes à l'orthodoxie. L'événement est considéré comme le baptême de la Russie. Kiev est érigée en métropole.

juin 989

Concile de paix de Charroux. Première manifestation du mouvement de la Paix de Dieu en Aquitaine.

990-995

Richer de Reims écrit ses *Historiae*, qui retracent l'histoire du royaume franc au Xe siècle.

29 mars 991

Adalbéron, évêque de Laon, livre à Hugues Capet Charles de Lorraine, frère du roi Lothaire, évincé de la succession royale à Senlis. Emprisonné à Orléans, Charles meurt quelques mois plus tard.

992

Premier traité de commerce entre Venise et Byzance. Premières mentions de compagnies commerciales vénitiennes (*colleganza*).

994-1049

Odilon abbé de Cluny.

994-999

Aelfric écrit sa grammaire et son glossaire latino-anglais.

995

Baptême d'Olaf Tryggvason, roi de Norvège. Construction de la première église norvégienne.

24 octobre 996

Mort d'Hugues Capet. Avènement de Robert le Pieux, associé au trône et sacré depuis 987.

996-1031

Règne de Robert le Pieux. Il agrandit le domaine royal (acquisition du Ponthieu et du port de Montreuil), en dehors duquel il n'exerce aucune autorité.

996-997

Révolte paysanne en Normandie.

999

Gerbert d'Aurillac devient pape sous le nom de Sylvestre II. Il est le principal conseiller d'Otton III, dont il partage la conception impériale.

999-1000

L'Althing islandais vote la conversion de l'Islande au christianisme.

1000

Fondation d'une métropole polonaise à Gniezno. Naissance de l'Église de Pologne.

1000

Bataille navale d'Helsingborg. Sven à la barbe fourchue, roi de Danemark, place sous son contrôle la majeure partie de la Norvège.

Vers 1000-vers 1033
« Terreurs » et espérances millénaristes. Pèlerinages à Jérusalem.

Début du XIe siècle
Bernard d'Angers rédige le *Livre des Miracles de sainte Foy de Conques*.

1001
Étienne Ier est couronné roi de Hongrie à Rome par Sylvestre II. Fondation de la métropole d'Esztergom.

1002
Mort d'Otton III, chassé de Rome par un soulèvement populaire. Avec lui disparaît l'idéal d'empire universel. L'Empire restera « romain de nation germanique ».

1004-1035
Règne à Pampelune de Sanche III le Grand. Son royaume devient le plus important royaume chrétien d'Espagne.

1005-1006
Grande famine en Europe.

1006-1019
Construction de l'église romane Saint-Philibert de Tournus.

1007-1028
Fulbert évêque de Chartres. Dans une lettre adressée en 1020 à Guillaume V d'Aquitaine, il donne la première définition du contrat vassalique et précise

les obligations réciproques qui en résultent pour les deux partenaires.

1009
Destruction du Saint-Sépulcre de Jérusalem par le calife fatimide Al-Hakim.

1009-1031
Guerre civile (*fitna*) et anarchie à Cordoue. Berbères, Arabes et Slaves s'affrontent autour de la succession califale et font appel aux chrétiens du Nord. En 1010, une expédition est menée par les comtes et évêques catalans, première affirmation d'une identité collective « catalane ».

Vers 1010
Première hérésie en Champagne (Leutard).

1010-1020
Persécution des chrétiens d'Égypte.

1012
Arrivée des Normands en Italie du Sud.

1013
Débarquement en Angleterre de Sven à la barbe fourchue. Prise de Londres et conquête de l'Angleterre par les Danois. Le roi Ethelred se réfugie en Normandie auprès de son beau-père.

1014
Le pape Benoît VIII introduit la formule du *filioque* dans le Credo, entérinant l'initiative de Charlemagne.

1014

Bataille de Clontarf. Brian Boru, roi du Munster depuis 976, tente d'étendre sa domination à toute l'Irlande. Le Vendredi saint 1014, il écrase les hommes du Leinster et les Vikings du roi de Dublin. Cet événement marque la fin de la domination normande en Irlande.

1014

L'armée de l'empereur Basile II écrase les Bulgares du tsar Samuel II aux défilés de Clidion. La Bulgarie est annexée, mais conserve une certaine autonomie. Basile II reçoit le surnom de « Tueur de Bulgares ».

1016

Cnut le Grand est proclamé roi d'Angleterre à la mort de son père Sven ; il débarque en Angleterre, dont il prend le contrôle. Couronné à Westminster, il épouse la veuve du roi Ethelred et se convertit au christianisme.

1016-1028

Règne en Norvège d'Olav II Haraldsson (saint Olaf). Christianisation de la Norvège.

1017

Le calife fatimide Al-Hakim, après avoir lancé l'anathème contre les califes et les compagnons du Prophète, fait proclamer sa propre divinité. En 1020, il fait incendier Fustât, où circulaient des libelles le mettant en cause.

1019

Cnut le Grand réunit les couronnes d'Angleterre et du Danemark à la mort de son frère Harald.

1019-1054

Règne de Iaroslav le Sage, Grand Prince de Kiev. Apogée du premier État russe.

Vers 1020

Avicenne (Ibn Sina), philosophe et médecin d'origine persane entré comme ministre au service de l'émir d'Hamadhân, rédige le *Canon de la médecine*, qui regroupe tout le savoir médical de l'époque ainsi que ses propres observations – ouvrage qui exercera, une fois traduit en latin, une influence considérable en Europe –, et *Le Livre de la guérison.* Il meurt en 1037.

1022

Procès des hérétiques d'Orléans. Premières condamnations au bûcher.

1023

Formation du comté de Blois-Champagne. Étienne II de Blois devient comte de Champagne.

1024

Avènement de la dynastie des Saliens dans le Saint Empire romain germanique (1024-1125).

1025-1034

Mieszko II de Pologne reconnaît la suzeraineté de l'Empire.

1026

Mort de Rodolphe III de Bourgogne. La Bourgogne transjurane est réunie au Saint-Empire, qui acquiert sa configuration définitive : union de trois royaumes que consacre le couronnement impérial romain.

1028

Cnut le Grand conquiert la Norvège. Il est désormais à la tête d'un empire maritime s'étendant de la Baltique à la mer d'Irlande, dont l'Angleterre, où il réside le plus souvent, constitue le centre. Il s'efforce de mettre un terme à l'antagonisme entre Anglo-Saxons et Danois, maintient la législation anglo-saxonne, favorise l'expansion du christianisme (il se rend en pèlerinage à Rome en 1027). Son règne, loin de signifier la soumission de l'Angleterre aux Scandinaves, accélère l'intégration des peuples scandinaves à l'Europe chrétienne.

1028

Gui d'Arezzo expose ses recherches en matière d'écriture et d'enseignement de la musique. Il propose une nouvelle méthode de notation musicale prenant en compte de manière précise la hauteur des notes.

1029

Fondation de la première principauté normande en Italie méridionale. Un contingent normand s'installe à Aversa, près de Naples.

1030-1040
Premiers raids turcs en Asie Mineure.

1031
Le calife omeyyade Hisham III, désigné en 1027, est déposé. En novembre, les juristes de Cordoue prononcent l'abolition du Califat cordouan. Al-Andalus est démembré en deux douzaines de principautés arabes ou berbères dont les souverains prennent le titre d'émirs et auxquelles on donne le nom de *reinos de taifas* (factions, bandes).

1031
Tugril-beg, chef des Turcs Seldjoukides, se rend indépendant des Ghaznévides et fonde une principauté à Merv.

1031-1337

CHRONOLOGIE DU Moyen Âge

La période du XIe au XIIIe siècle est depuis longtemps définie en Occident comme celle du « grand progrès ». Les trois siècles s'étendant de 1050 à 1350 sont en effet une période d'expansion économique et démographique comme l'Europe n'en avait pas connue auparavant. Sur le plan politique, elle correspond à l'ère féodale et seigneuriale. Le début du XIe siècle est le moment de la plus grande dispersion du pouvoir. Si l'autorité est reconnue à des souverains choisis par Dieu et parfois sacrés, la réalité de l'ordre social et politique est celle de la seigneurie et du fief. Une hiérarchie de pouvoirs sur la terre, seule source de richesse, concédés en échange de services, aboutit à un morcellement considérable de l'autorité effective, ainsi qu'à des rivalités et conflits incessants. Le régime s'est mis en place de manière empirique et progressive, mais l'autorité (le ban) est toujours considérée comme une délégation. Des règles formelles contractuelles (serment, hommage, *convenientia*) président à la répartition, à l'exercice et à la reconnaissance des différents niveaux de pouvoir, même lorsqu'ils interfèrent, se superposent, se contredisent ou s'annihilent. Cet ordre se perpétue pendant deux siècles. Par la suite, les pouvoirs centraux ou régaliens se reconstituent, eux aussi sur la base de règles juridiques ou de coutumes qui sont celles de la féodalité. C'est ainsi que se forment des monarchies féodales. Au XIIIe siècle, la redécouverte du droit romain permet de donner une justification théorique à cette organisation en plaçant le souverain au sommet et en dehors de cette hiérarchie. Pour tenir son rang et organiser sa propre représentation, ce pouvoir revendiqué et exercé sur l'ensemble du royaume met progressivement en place des structures d'encadrement et de participation des diverses catégories sociales, notamment à l'occasion d'événements exceptionnels ou à travers des organismes représentatifs.

L'autre caractère majeur de la période est l'expansion de l'Europe : l'expansion chrétienne se poursuit au nord et à l'est, à la fois politique et démographique, entraînant des phénomènes importants de migration et de colonisation. La période est marquée par de nouveaux mouvements de populations. Dans ce contexte, les croisades représentent un moment particulier où se conjuguent les différents facteurs, les mobiles spirituels invoqués étant nourris par des préoccupations plus matérielles.

Les XIe-XIIIe siècles correspondent enfin à un incontestable apogée de l'Église romaine. Alors que la prétention des empereurs germaniques à exercer un pouvoir universel n'apparaît plus que comme une revendication anachronique et irréelle, la Papauté romaine exerce une autorité croissante sur l'ensemble de l'Église et organise rigoureusement, à travers les conciles généraux, l'encadrement de la vie des fidèles. Ceux-ci sont toutefois de plus en plus enclins à dénoncer la contradiction qu'ils décèlent entre le message évangélique et certains comportements ecclésiastiques, et à revendiquer aussi un accès direct et personnalisé à l'Écriture sainte en se passant de la médiation de l'institution ecclésiale. C'est pourquoi on assiste à la naissance et à la multiplication des hérésies, qui sont d'abord un rejet de la tutelle de l'Église pour devenir ensuite le foyer d'une « lecture » personnelle de l'Écriture.

Les autres États apparaissent comme les victimes de cette expansion de l'Europe. L'Empire byzantin se réduit comme peau de chagrin devant l'avancée des Turcs, Seldjoukides, puis Ottomans. Le Califat musulman est lui-même atteint d'un phénomène de décomposition. Subissant les invasions mongoles qui atteignent le cœur de l'Europe, il est frappé d'une atonie culturelle qui contraste avec la période antérieure. Les Turcs qui, par la suite, le reconstruiront, contribuent eux-mêmes à sa destruction.

1031-1060
Faiblesse et rivalité des *taifas* ibériques, qui recherchent la protection des royaumes chrétiens.

1031-1060
Règne de Henri Ier. Époque de la plus grande faiblesse du pouvoir royal dans le royaume franc. Le roi capétien est beaucoup moins puissant que ses vassaux (duc de Normandie, comtes de Flandre, d'Anjou ou de Champagne). Il n'a plus aucune relation avec les princes méridionaux, qui ne se rendent plus à la cour royale et négligent de lui prêter hommage.

1035
Mort de Sanche III le Grand. Son héritage est partagé entre ses fils. Naissance des trois royaumes de Navarre, Castille et Aragon. L'Espagne chrétienne est désormais constituée de cinq ensembles.

1037
Le roi de Castille Ferdinand Ier rattache le Léon à sa couronne et règne jusqu'en 1065 sur la Castille et le Léon.

1037-1058
Règne de Casimir Ier en Pologne. Il fonde une nouvelle capitale à Cracovie.

1039
Bataille de Dondakan. Les Seldjoukides s'emparent du Khorassan et étendent leur domination à l'ensemble de l'Iran (1043-1048). Ils font d'Ispahan leur capitale en 1051.

1040
Révolte à Belgrade de Pierre Deljan, qui se proclame tsar.

1040-1066
Construction de la basilique Sainte-Sophie de Kiev, au décor de mosaïques d'inspiration byzantine.

Vers 1040
Mise au point en Chine des caractères mobiles utilisés pour la typographie.

1041
Le concile d'Arles instaure la Trêve de Dieu.

1042-1066
Règne d'Édouard le Confesseur en Angleterre. Restauration de la dynastie anglo-saxonne. Le roi fait venir de Normandie de nombreux mercenaires et clercs continentaux, mais se heurte à l'opposition du parti anglo-saxon dirigé par Godwin, earl d'Essex. À sa mort, il désigne comme successeur Harold, fils de Godwin.

1043
La Paix de Dieu est établie dans l'Empire par décret royal.

1045
La Hongrie reconnaît la suzeraineté de l'empereur Henri III.

Vers 1045
Construction de Sainte-Sophie de Novgorod. Le plan (un cube surmonté de cinq coupoles) s'imposera dans la plupart des églises russes.

1046
Concile de Sutri. L'empereur Henri III dépose les trois papes qui se disputent le siège romain. Il en nomme un quatrième, Clément II.

1047
Raoul Glaber achève ses cinq livres d'*Histoires* ; elles contiennent une fresque vivante des événements qui ont marqué le monde occidental autour de l'an mil.

1049-1054
Pontificat de Léon IX. Début de la réforme de l'Église.

1048
Mort à Ghaznî de Birûni, grand savant musulman. Esprit universaliste, il a écrit plus de cent cinquante ouvrages portant sur l'astronomie, les mathématiques, la littérature et la poésie. Le *Kitab al-Hind* constitue une source d'information d'une exceptionnelle qualité sur la géographie et les populations de l'Inde ; il contient la première description du jeu d'échecs.

1049
Bérenger de Tours, suspecté d'hérésie pour sa négation de la présence réelle dans l'eucharistie, est condamné par le synode romain.

1049-1109
Hugues de Semur (saint Hugues) abbé de Cluny.

1051
Mariage du roi capétien Henri Ier avec la princesse russe Anne de Kiev.

1052
Invasion hilalienne au Maghreb. Les Banu Hilal, tribu nomade d'Égypte, dévastent les campagnes d'Ifriqiya. Disparition des dernières communautés chrétiennes.

1052
Premier document sur papier dans l'Empire byzantin.

1053
Robert Guiscard, fils du seigneur normand Tancrède de Hauteville, arrivé en Italie du Sud en 1047, écrase l'armée pontificale. Le pape Léon IX est prisonnier des Normands.

1054
La Bohême fait partie de l'Empire, mais conserve sa propre dynastie.

1054
Excommunication du patriarche de Constantinople Michel Cérulaire par le cardinal Humbert, légat

pontifical. Début du schisme entre Rome et Constantinople. Cristallisation des deux chrétientés occidentale et orientale.

1054

Après la mort de Iaroslav le Sage, la Russie se divise en principautés. Le déclin s'accentue au XIIe siècle.

1055

Concile de Coyanza. Adoption de la liturgie romaine et réforme disciplinaire rapprochent l'Église d'Espagne de l'ensemble de la chrétienté latine.

1055

Prise de Bagdad par les Seldjoukides. Tugril-beg reçoit le titre de sultan (« celui qui a le pouvoir »). Les Turcs exercent désormais la réalité du pouvoir, le calife ne conservant qu'un rôle spirituel.

1055-1083

Conquête du Maroc et de l'Algérie par les Almoravides, issus d'une confrérie de moines guerriers réunie au sein d'un *ribat* et recrutant ses disciples parmi les Berbères du Sahara. Ils construisent, entre 1042 et 1084, un empire s'étendant du Sénégal à la Méditerranée et fondent une capitale à Marrakech.

1057

Extinction de la dynastie macédonienne dans l'Empire byzantin. Début d'une période caractérisée par l'antagonisme entre l'armée, soutenue par les grands propriétaires provinciaux, et les bureaux de l'administration de Constantinople.

1057
Première attaque seldjoukide contre l'Empire byzantin.

1057-1058
Pontificat d'Étienne IX, premier pape à avoir été élu sans intervention impériale.

Apr. 1058
Sous l'abbatiat de Didier, l'abbaye du Mont-Cassin est le foyer d'une renaissance artistique et littéraire. Constantin l'Africain traduit des œuvres de médecine arabes et grecques. Albéric y compose le premier traité de composition littéraire, *Liber dictaminum*.

Vers 1058
Mort du philosophe et poète juif andalou de langue arabe Avicébron (Ibn Gabirol), auteur de *La Source de vie*, qui exerça une certaine influence sur les philosophes chrétiens des XIIe et XIIIe siècles.

1059
Décret du pape Nicolas II sur l'élection pontificale, écartant toute intervention impériale. L'élection du pape est désormais réservée au collège des cardinaux de l'Église romaine (sept cardinaux-évêques, vingt-six cardinaux-prêtres).

1059
Réconciliation de la Papauté avec les Normands. Robert Guiscard et les chefs normands deviennent les fidèles de l'Église romaine, à laquelle ils versent un cens et promettent leur aide.

1060-1108

Règne dans le royaume franc de Philippe Ier. Il fait alliance avec les comtes d'Anjou et de Flandre pour s'opposer aux visées de Guillaume de Normandie, devenu roi d'Angleterre en 1066.

Vers 1061

Le jeu d'échecs est connu en Italie (d'après une lettre de Pierre Damien).

1061-1091

Conquête de la Sicile musulmane par les Normands.

1063-1094

Construction de la basilique Saint-Marc à Venise, abritant la relique de l'évangéliste Marc (symbolisé par un lion), rapportée d'Alexandrie en 823. Le plan, en forme de croix grecque surmontée de cinq coupoles, témoigne de l'influence de l'architecture byzantine.

1064

Conquête de la citadelle de Barbastro, menée à l'initiative du roi d'Aragon Sanche Ramirez et réunissant, à l'appel du pape Alexandre II, des contingents aquitains, bourguignons, normands et champenois regroupés sous le nom de *Francos*. La prise de Barbastro, souvent qualifiée de croisade, apparaît comme le premier acte de la reconquête chrétienne en Espagne.

1064

Mort à Huelva du philosophe, théologien et écrivain andalou Ibn Hazm, auteur de près de quatre cents ouvrages. Son *Collier du pigeon*, qui s'attache à la description de la psychologie amoureuse, a sans doute exercé une influence sur la poésie des troubadours.

1064

Rédaction des *Usages de Barcelone*, premier coutumier féodal connu.

1065

En Espagne, les entreprises militaires des royaumes chrétiens en direction des *taifas* remplacent le prélèvement des tribus ou *parias*. Elles prennent de plus en plus le caractère de guerre religieuse.

Apr. 1065 (entre 1065 et 1100)

Composition de la *Chanson de Roland*, la plus ancienne des chansons de geste françaises, relatant les exploits (*gesta*) de Roland, neveu de Charlemagne, mort à Roncevaux lors d'une embuscade tendue par les Sarrasins.

1066

Mort d'Édouard le Confesseur. Couronnement d'Harold à Westminster. Guillaume de Normandie fait valoir ses droits à la couronne d'Angleterre.

14 octobre 1066

Bataille de Hastings. Guillaume de Normandie triomphe du roi anglo-saxon Harold qui est tué dans le combat, puis marche sur Londres. Le 25 décembre, il est couronné roi d'Angleterre à Westminster. Ce couronnement marque la naissance du royaume anglo-normand.

1067

Fondation à Bagdad de la Nizamiyya, première *madrasa* (université) de l'Islam.

1068

Le royaume d'Aragon devient vassal du Saint-Siège.

Vers 1070

Fresques du prieuré clunisien de Berzé-la-Ville.

Apr. 1070

Rachi (mort à Troyes en 1105) procède à Mayence à l'établissement du texte du Talmud et de la Bible et met au point une méthode de commentaire.

1071

Bataille de Mantzikert. L'armée byzantine est vaincue par les Seldjoukides d'Alp Arslan. L'empereur Romain IV Diogène est fait prisonnier. La voie est ouverte à la progression des Turcs vers l'Asie Mineure.

1073-1085

Hildebrand, archidiacre de l'Église romaine, est élu pape sous le nom de Grégoire VII. Son pontificat est tout entier animé du projet de « libérer l'Église de l'emprise du siècle » (*Libertas ecclesiae*).

1074

Fondation de l'abbaye de Grandmont et de l'ordre du même nom par Étienne de Muret. Il prône le retour à la « vie vraiment apostolique ».

1074-1123
Activité scientifique et littéraire d'Umar Khayyam, poète et mathématicien persan devenu l'astronome officiel du sultan seldjoukide Malik-Shah. Auteur de plusieurs traités de géométrie et d'algèbre (résolution des équations du second et du troisième degré), il participe à la réforme du calendrier persan (1079) ; il est surtout connu pour son œuvre poétique, les *Rubâ'iyât*, recueil de quatrains où le premier, le second et le quatrième vers riment entre eux ; il y célèbre la jouissance épicurienne et adopte une attitude très libre vis-à-vis de certains rites religieux.

1075
Décret de Grégoire VII condamnant les investitures laïques. Il est désormais interdit à tout clerc de recevoir un évêché ou une abbaye des mains d'un laïc.

1075
Les *Dictatus papae* de Grégoire VII affirment clairement la primauté romaine. L'Église se transforme en une monarchie centralisée.

1076
Les Seldjoukides enlèvent Jérusalem aux Fatimides ; ils conquièrent la Syrie et la Palestine.

1076
La Castille et le Léon sont à nouveau réunis sous l'autorité d'Alphonse VI, qui se donne fréquemment le titre de *rex Hispaniæ*.

1076
Le *fuero* (charte de peuplement) *de Sepúlveda* établit un « droit de la frontière », qui sera appliqué à de nombreuses fondations au cours de la Reconquête espagnole.

1076
Début du conflit entre l'empereur Henri IV et Grégoire VII (querelle des Investitures). En janvier 1076, un synode d'évêques réuni à Worms dépose Grégoire VII. En février, le synode romain excommunie et dépose Henri IV. Ses sujets sont déliés de leur serment de fidélité. Les princes de Germanie élisent Rodolphe de Souabe à la royauté.

1076-1078
Monologion et *Proslogion* de saint Anselme, abbé du Bec-Hellouin depuis 1076 ; il y développe l'argument ontologique comme preuve de l'existence de Dieu.

1077
Henri IV se rend à Canossa en tenue de pénitent. Il obtient l'absolution pontificale. L'excommunication est levée.

1077
Fondation en Anatolie d'une principauté turque indépendante, le sultanat de Rum (1077-1308).

1080
Nouvelle excommunication de Henri IV. Grégoire VII reconnaît Rodolphe de Souabe comme roi des Romains. Henri IV fait déposer Grégoire VII par

une assemblée d'évêques qui élit un antipape, Guibert de Ravenne, sous le nom de Clément III.

1081

Le général Alexis Comnène fonde la dynastie des Comnène (1081-1185). Triomphe dans l'Empire byzantin du parti militaire et de l'aristocratie provinciale.

1081-1083

Invasion des Normands dans les Balkans. Robert Guiscard s'empare de Corfou et Durazzo.

1082

Alexis Ier Comnène fait appel à Venise pour repousser les Normands. Un chrysobulle accorde aux Vénitiens d'importants privilèges commerciaux dans l'Empire byzantin. Début de l'expansion maritime et commerciale de Venise en Orient.

1084

Henri IV installe l'antipape Clément III à Rome. Celui-ci lui remet la couronne impériale. Grégoire VII doit s'enfuir de Rome, malgré le secours que lui apporte Robert Guiscard. Il meurt en exil à Salerne (1085).

1084

Fondation du monastère de la Grande-Chartreuse par Bruno de Cologne, à l'origine de l'ordre des Chartreux.

25 mars 1085

Alphonse VI de Castille s'empare de Tolède après un siège de cinq ans. Le roi garantit aux habitants le maintien de leurs biens et coutumes, ainsi que le libre exercice de leur foi. Le royaume de Castille-Léon s'étend jusqu'à la vallée du Tage. La conquête de l'ancienne capitale wisigothique a un immense retentissement. Elle assure au souverain castillan, qui s'attribue le titre d'*imperator*, une réelle hégémonie en Espagne et marque le véritable point de départ de la Reconquête chrétienne.

1085

Plusieurs émirs de *taifas* appellent à l'aide les Berbères Almoravides qui viennent d'établir leur domination sur l'Afrique du Nord et se sentent investis de la mission de régénérer l'Islam occidental.

1086

Rédaction du *Domesday Book* (Livre du Jugement dernier), qui décrit, sur l'injonction de Guillaume le Conquérant, l'état de l'Angleterre, comté par comté, en précisant l'évolution de la possession de la terre, les conditions de la vie paysanne et l'équipement des campagnes depuis l'époque d'Édouard le Confesseur.

23 octobre 1086

Les troupes de l'émir Yusuf ben Tachfin infligent à Zallaca, près de Badajoz, une écrasante défaite à Alphonse VI. Les Almoravides prennent le contrôle des *taifas* et font d'Al-Andalus une province de leur empire maghrébin.

1087

Mort de Guillaume le Conquérant. Il laisse trois fils. L'aîné, Robert Courteheuse, hérite de la Normandie. Le deuxième, Guillaume le Roux, se voit confier l'Angleterre.

Vers 1087

Mort de Constantin l'Africain, médecin originaire d'Afrique du Nord, qui fut moine au Mont-Cassin entre 1058 et 1086. Il y réalisa une œuvre très importante de traduction de l'arabe en latin des œuvres classiques portant sur la médecine, tant grecques (Galien par exemple) que persanes. Ses traductions connurent une rapide diffusion au XIIe siècle.

1088-1099

Pontificat d'Urbain II (Eudes de Châtillon). Il renouvelle les décrets contre l'investiture laïque, la simonie et la clérogamie.

1088-1121

Reconstruction de l'abbatiale de Cluny (Cluny III) par l'abbé Hugues (1049-1109). Plus grand monument de la chrétienté médiévale, Cluny III est considéré comme la plus majestueuse réalisation de l'art roman.

1090

Les Arabes utilisent la boussole.

Vers 1090

Dans le *Liber de vita christiana*, Bonizon de Sutri, un des plus ardents partisans de Grégoire VII en Italie du Nord, définit un code d'éthique du chevalier chrétien.

1091-1109

Saint Anselme devient archevêque de Canterbury.

1091-1116

Épiscopat d'Yves de Chartres. Essor de l'école épiscopale et développement du droit canon (en particulier du droit matrimonial).

1092

Le roi capétien Philippe Ier répudie sa femme et épouse Bertrade de Monfort, femme du comte d'Anjou. Le mariage est béni par l'évêque de Senlis.

1093

Urbain II rentre à Rome.

1093

Début de la construction de la cathédrale de Durham.

1094

Rodrigo Díaz de Vivar (« le Cid ») s'empare de Valence à la demande d'Alphonse VI. De 1094 à 1099, « seigneur héréditaire de Valence », il reste le seul maître d'une principauté dont il fait une sorte d'État croisé.

1094

Excommunication de Philippe Ier.

1094-1098

Saint Anselme rédige le *Cur Deus homo* où il traite des dogmes de l'Incarnation et de la Rédemption.

1095
Urbain II préside, en France, le concile de Clermont où a lieu la prédication de la première croisade. Le pape appelle à une expédition pour secourir les chrétiens d'Orient.

1095-1096
Première grande vague de massacres de juifs en Europe occidentale, souvent à l'initiative des croisés populaires en route vers la Terre sainte. Les juifs sont accusés de sacrilège (profanation d'hostie) ou de meurtre rituel.

1096
Échec de la croisade populaire. Diffusant l'appel du pape, Pierre l'Ermite prêche la croisade. Les pèlerins, conduits par Pierre l'Ermite et Gautier sans Avoir, sont massacrés par les Seldjoukides près de Nicée.

1096
Fondation de l'abbaye de Fontevraud par Robert d'Arbrissel.

1096-1132
Construction de l'église de la Madeleine à Vézelay.

1097
La « croisade des barons » vainc les Seldjoukides de Rum à Dorylée et restitue Nicée aux Byzantins. L'avancée des Turcs vers l'ouest est stoppée.

1097
Alphonse VI de Castille crée un comté de Portugal en faveur de son gendre Henri de Bourgogne.

1097

Saint Anselme, s'exile volontairement à Rome pour dénoncer la politique de Guillaume le Roux à l'égard de l'Église.

Vers 1097

Broderie de Bayeux, dite « Tapisserie de la reine Mathilde ». Toile de lin brodée de 70 mètres de long, sans doute réalisée en Angleterre à la demande de l'évêque Odon de Bayeux, elle constitue un récit et une justification de la conquête de l'Angleterre par Guillaume de Normandie.

1098

Les croisés s'emparent d'Édesse et d'Antioche. Ils trahissent leurs engagements, et au lieu de céder ces villes aux Byzantins, créent le comté d'Édesse et la principauté d'Antioche.

1098

Fondation de l'abbaye de Cîteaux par Robert de Molesme, qui souhaite revenir, en réaction contre la richesse et l'intégration mondaine de Cluny, à une pratique rigoureuse de la Règle de saint Benoît, en particulier en ce qui concerne la pauvreté, l'éloignement du monde et le travail. Il est à l'origine de l'ordre cistercien.

15 juillet 1099

Prise de Jérusalem par les croisés. Fondation du royaume franc de Jérusalem. Godefroy de Bouillon devient « avoué du Saint-Sépulcre ». Les frères hospitaliers organisant l'accueil des pèlerins se développent sous la direction de frère Gérard, à l'origine de l'ordre des Hospitaliers, placés sous le patronage de saint Jean-Baptiste.

Vers 1100

Fondation de l'université de Bologne, née spontanément quand une série de professeurs illustres viennent enseigner dans la ville, sans la caution d'aucune autorité. Irnerius y enseigne le droit romain, qui devient aussitôt la spécialité de l'université.

Vers 1100

Développement des études séculières, et particulièrement de l'enseignement de la médecine à Montpellier.

1100

Mort de Guillaume le Roux. Son frère cadet Henri s'empare du trésor royal à Winchester puis est couronné à Westminster le 5 août par l'évêque de Londres. Henri Ier Beauclerc règne de 1100 à 1135.

Vers 1100

Apogée de l'art roman. Construction de vastes églises en pierre, soigneusement voûtées, dotées de déambulatoires, richement décorées (sculpture des tympans et des chapiteaux, peinture de fresques...).

Vers 1100

Premier usage attesté de la boussole sur les navires chinois.

Vers 1100

Début de l'assèchement des marais en Flandre. Formation des premiers polders.

1100-1118

Règne de Baudouin Ier, frère de Godefroy de Bouillon. Il prend le titre de roi de Jérusalem. Le royaume de Jérusalem exerce une suprématie sur les trois autres États latins du Levant.

Av. 1101

Mort de Guillaume de Poitiers, chapelain de Guillaume le Conquérant, dont il composa une biographie achevée vers 1073-1074 (*Gesta Guillelmi ducis Normannorum et regis Anglorum*).

1102

Le pape assimile la guerre de reconquête espagnole à une croisade.

1103

Guillaume de Champeaux dirige l'école épiscopale de Paris. À propos de la querelle des Universaux, il s'oppose à son disciple Abélard (1079-1142), aîné d'une famille de petite noblesse bretonne venu faire ses études à Paris.

1106

Bataille de Tinchebray. Battu par son frère Henri Ier, Robert Courteheuse est emprisonné en Angleterre où il meurt en 1134. Le duché de Normandie est à nouveau lié à l'Angleterre.

1106-1138
Règne en Pologne de Boleslas III, dit Bouche-Torte. Il conquiert la Poméranie et des territoires entre Elbe et Oder, et reconnaît la suzeraineté du roi de Germanie.

1108
Fondation à Paris de l'abbaye des chanoines réguliers augustiniens de Saint-Victor, qui s'impose comme un important foyer culturel.

1108-1137
Règne de Louis VI le Gros. Pacification et mise en valeur du domaine royal. Soumission des châtelains pillards et indociles (Hugues du Puiset).

1109
Bertrand de Saint-Gilles fonde le comté de Tripoli en Terre sainte.

1111
Mort d'Al-Ghazali (1058-1111), l'un des plus grands théologiens et juristes de l'Islam, surnommé « La Preuve de l'Islam » (on lui attribue près de quatre cents ouvrages). Son œuvre principale, *La Vivification des sciences religieuses*, est un guide à l'usage des pieux musulmans. Tout en manifestant un goût prononcé pour la discussion dialectique, Al-Ghazali se rattache à la mystique soufie et combat souvent la philosophie. Aussi son œuvre a-t-elle été très critiquée par Averroès. Enseignant à Bagdad, il se retire en 1095 pour mener une vie d'ascète en Palestine.

1112
Bernard de Fontaine (saint Bernard) entre à Cîteaux.

1112-1117
Abélard enseigne la logique et la théologie à l'école Notre-Dame-de-Paris. Il élabore la méthode dialectique, fondement de la théologie scolastique.

1114
Promulgation de la *Carta Caritatis* (Charte de charité). Début d'organisation de l'ordre cistercien.

1114-1117
Autobiographie de Guibert de Nogent, *De vita sua*.

1115-1153
Saint Bernard devient abbé de Clairvaux.

1116
Excommunication de Henri V. Celui-ci réplique en faisant élire un antipape, Grégoire VIII.

1118
À la suite de sa liaison avec Héloïse, nièce du chanoine Fulbert, Abélard est émasculé et se retire à l'abbaye de Saint-Denis.

1118
Prise de Saragosse par le roi d'Aragon Alphonse le Batailleur, avec l'aide de chevaliers francs. Le petit royaume pyrénéen débouche sur la vallée de l'Èbre.

1119
Traité critique sur les reliques de Guibert de Nogent (*De pignoribus sanctorum*).

1120

Naufrage de *La Blanche Nef*. Le navire transportant Guillaume Adelin, fils de Henri Ier, sombre à la sortie de Barfleur. Henri Ier se retrouve sans héritier.

1120

Fondation de l'ordre du Temple. Hugues de Payns, chevalier champenois, fonde à Jérusalem la « milice des pauvres chevaliers du Christ », le premier en date des ordres religieux militaires.

1120

Fondation de l'ordre des Prémontrés (chamoines réguliers) par Norbert de Xanten.

Vers 1120

Premières mentions de moulins à vent en Flandre.

Vers 1120

Enseignement à Chartres de l'écolâtre Bernard, qu'a rendu célèbre son propos sur les relations entre Anciens et Modernes : « Nous sommes des nains juchés sur les épaules de géants ; nous voyons plus qu'eux et plus loin [...]. Nous sommes élevés, exhaussés par leur stature gigantesque. »

1120-1150

Premiers statuts de métiers en Europe occidentale.

1121

L'enseignement théologique d'Abélard est condamné au concile de Soissons. Abélard se retire à Saint-Gildas-de-Rhuys, où, élu abbé, il tente vainement de réformer l'abbaye.

1121-1158

Traduction latine de la *Nouvelle Logique* d'Aristote (la *Vieille Logique* est transmise dans la traduction de Boèce).

23 mars 1122

Concordat de Worms entre Henri V et le pape Calixte II qui élaborent un compromis sur l'investiture des évêques, scindée en deux moments : une investiture spirituelle concernant l'exercice des charges ecclésiastiques (*spiritualia*), réservée aux dignitaires de l'Église, et une investiture temporelle concernant le transfert des fonctions et dignités temporelles (*regalia*). L'empereur renonce à l'investiture par la crosse et l'anneau, symboles du pouvoir spirituel. Il accepte la liberté des élections épiscopales. Ce compromis marque la fin de la querelle des Investitures.

1122

Dans l'Atlas marocain, le réformateur berbère Muhammad ibn Tumert se déclare *Mahdi* (« celui qui doit faire régner la justice et la vraie foi ») et crée la communauté des Almohades (« tenants de l'unicité de Dieu »), dans le but de réformer les mœurs des Berbères, perverties par les Almoravides.

1122-1151

Suger, abbé de Saint-Denis.

1125

Louis VI lève l'ost royal contre l'empereur Henri V qui a envahi la Champagne. La plupart des vassaux répondent à l'appel. Première manifestation de l'autorité capétienne s'étendant à l'ensemble du royaume.

Vers 1125
Dans le *De sacramentis*, Hugues de Saint-Victor expose une théologie des sacrements.

1125-1153
Traduction d'œuvres arabes en latin à l'initiative de l'archevêque Raymond de Tolède.

1126
Alphonse VII de Castille prend le titre d'*imperator.*

1126
Élargissement des privilèges concédés par Byzance en faveur des Vénitiens.

1127
Meurtre du comte de Flandre Charles le Bon. Louis VI impose temporairement son candidat à la succession, Guillaume Cliton.

1127
Mort de Guillaume IX d'Aquitaine (dit Guillaume de Poitiers, ville où il résidait), dont nous sont parvenues onze chansons où s'exprime l'idéal courtois. Guillaume est considéré comme le plus ancien troubadour et le premier poète européen s'exprimant en langue vernaculaire, c'est-à-dire en langue d'oc.

1127
Roger II (1105-1154) unifie les principautés normandes d'Italie du Sud et de Sicile ; il installe sa capitale à Palerme.

1128

Le kurde Imad al-Din Zangi, émir de Mossoul, s'empare d'Alep et fonde la dynastie des Zangides qui règne sur une grande partie de la Syrie.

1129

Mariage de Mathilde, fille de Henri Ier, avec Geoffroy Plantagenêt, héritier du comté d'Anjou. Leur fils Henri naît en 1133.

1130

La Sicile normande devient un royaume. Roger II est couronné avec l'accord du pape Anaclet.

1130

Abd al-Mum'in prend le titre de calife de la communauté des Almohades.

1130

Saint Bernard écrit le *De laude novae militiae*, éloge des Templiers.

1130-1143

Pontificat d'Innocent II. Schisme d'Anaclet (1130-1138). Innocent II reprend possession de Rome en 1133.

1130-1165

Construction de la cathédrale de Sens, première cathédrale gothique.

1132

Suger, abbé de Saint-Denis, devient le principal conseiller de Louis VI, puis de Louis VII.

1132
À Palerme, Roger II entreprend la construction de la chapelle palatine. Avec son plafond de bois ouvragé formé de stalactites décorées à la manière arabe et ses mosaïques byzantines figurant des scènes de la vie du Christ, elle est la parfaite expression de l'art arabo-normand de Sicile.

Vers 1135
Didascalion de Hugues de Saint-Victor, programme d'enseignement des arts libéraux.

1136
L'évêque gallois Geoffroy de Monmouth rédige l'*Historia regum Britanniae*, histoire nationale de l'Angleterre, source principale de la « matière de Bretagne » et de la légende arthurienne (chevaliers de la Table ronde, quête du Graal).

1136
Abélard écrit le *Sic et Non*, exposé de la méthode permettant de résoudre par le raisonnement les contradictions entre les *auctoritates*.

1137
Pétronille, héritière du royaume d'Aragon, est fiancée au comte de Barcelone Ramon Berenguer IV, qui devient « prince d'Aragon ». Leur fils Alphonse sera en 1162 roi d'Aragon. La Catalogne et l'Aragon gardent leurs institutions, mais ont désormais le même souverain.

1137
Conrad de Hohenstaufen, duc de Souabe, est élu roi de Germanie (Conrad III). Il inaugure la dynastie des Staufen, qui restera à la tête du Saint Empire jusqu'en 1250.

1137
Mariage de Louis VII avec Aliénor, héritière du duché d'Aquitaine.

1137-1144
Suger fait reconstruire le chœur de l'abbatiale de Saint-Denis. Début de l'art gothique.

1137-1180
Règne de Louis VII. Le roi commence à s'aventurer hors du domaine royal et fait jouer en sa faveur les règles féodales. Il encourage le mouvement communal dans les villes des principautés vassales.

1138
Florence crée un gouvernement consulaire. Début de la rivalité entre guelfes et gibelins dans les villes d'Italie.

1138
Mort du philosophe, grammairien et encyclopédiste andalou Ibn Badjdja (Avempace), considéré comme le véritable pionnier de l'aristotélisme dans l'Espagne musulmane. Son œuvre maîtresse, le *Régime du solitaire*, reste inachevée.

1139
Alphonse Ier Henriques prend le titre de roi du Portugal.

1139-1147
Construction de l'abbaye de Fontenay, parfaite expression de l'esthétique et de la spiritualité cisterciennes.

1139
Deuxième concile général du Latran.

Vers 1139
Rédaction du *Guide du pèlerin de Saint-Jacques-de-Compostelle*.

Vers 1140
Installation des hospitaliers de Saint-Jean au Krak des chevaliers pour défendre le comté de Tripoli.

Vers 1140
Décret (*Concordia discordantium canonum*) de Gratien, moine bolonais, fondement du droit canon.

Vers 1140
Poèmes de Bernard de Ventadour, un des principaux troubadours fondateurs du lyrisme occitan.

1140-1173
Vladislas II de Bohême fonde une royauté héréditaire.

1140-1150
L'Empire almoravide s'effondre en Afrique du Nord sous les coups des Almohades. Abd al-Mu'min s'empare de Marrakech.

1140 (ou 1141)
Saint Bernard fait condamner Abélard au concile de Sens. Ce dernier se réfugie à Cluny, auprès de Pierre le Vénérable. Il y meurt en 1142.

Apr. 1140
Développement de l'hérésie cathare dans les villes du Languedoc.

1141
Pierre le Vénérable, abbé de Cluny, fait traduire le Coran en latin à Tolède.

Vers 1142
Poema ou *Cantar de mío Cid*, chanson de geste espagnole écrite à la gloire du Cid par un jongleur de Medinaceli. Divisée en trois chants, l'œuvre est composée en vers non isosyllabiques.

1143
Le Portugal devient royaume vassal du Saint-Siège.

1143-1145
Otton de Freising compose l'*Historia de duabus civitatibus*, histoire universelle s'achevant par la description de la fin du monde et l'avènement de la cité de Dieu.

1144
Imad al-Din Zangi reprend aux croisés la ville et le comté d'Édesse.

1145
Saint Bernard prêche la deuxième croisade à Vézelay.

1145
Traduction latine de l'*Algèbre* d'Al-Khwarizmi par Robert de Chester.

1145-1155
Sculptures du portail royal de Chartres. Débuts de la sculpture gothique. Première représentation de la Vierge à l'Enfant.

1146
Dictature d'Arnaud de Brescia à Rome. Prédication contre la puissance temporelle des clercs et leur trahison de l'idéal apostolique.

1147
Conquête de Lisbonne par les chrétiens, avec l'aide d'une flotte internationale.

1147-1149
Organisation de la deuxième croisade dans le but de reprendre Édesse. Départ de Louis VII. Suger est nommé régent du royaume. Échec des croisés devant Damas.

1148
Cosmographia de Bernard Silvestre. Diffusion des thèmes pythagoriciens et platoniciens à l'école de Chartres.

1149
Ramon Berenguer IV conquiert Lérida et la basse vallée de l'Èbre. La Catalogne double sa superficie (incorporation de la « Catalogne nouvelle ») et acquiert sa configuration définitive. Apparition des

premières occurrences du terme Catalogne dans la documentation.

1149
Le comte de Flandre rapporte à Saint-Donatien de Bruges la relique du Saint Sang.

Vers 1150
Désintégration de la Russie kiévienne en principautés indépendantes. Celle de Vladimir-Souzdal connaît un essor remarquable. Fondation de Moscou.

1150
Intervention des Almohades en Espagne. Ils conquièrent rapidement la partie occidentale d'Al-Andalus, mais doivent lutter pendant deux décennies pour s'imposer dans la partie orientale.

1150
Création du margraviat de Brandebourg en faveur d'Albert l'Ours de Ballenstedt. Début de la colonisation allemande à l'est de l'Elbe (*Drang nach Osten*).

1150-1230
Efflorescence de la poésie des troubadours en langue d'oc.

Vers 1150
Essor de l'amour courtois dans la lyrique occitane, incarné notamment par Jaufré Rudel qui chante son « amour de loin ».

1151
Par le traité de Tudillén les rois de Castille et d'Aragon se répartissent les territoires restant à conquérir dans la péninsule.

1152
Concile de Beaugency. Louis VII fait annuler son mariage avec Aliénor en invoquant la consanguinité. Celle-ci se remarie avec Henri Plantagenêt, maître de l'Anjou, du Maine et de la Normandie. Son domaine s'étend désormais de la Normandie aux Pyrénées.

1152
Pierre Lombard écrit les *Sententiarum libri IV*, manuel de base de l'enseignement de la théologie scolastique. Il meurt en 1160.

1152-1190
Règne de Frédéric Ier Barberousse. Il souhaite « rendre à la dignité impériale son ancienne splendeur » et donne une place prioritaire à la Germanie.

1153
Le traité de Westminster met fin à la guerre civile en Angleterre. Henri Plantagenêt reconnaît Étienne de Blois comme roi. Étienne désigne Henri comme son successeur.

1153
Mort de saint Bernard. On compte trois cent cinquante-trois monastères cisterciens en Europe.

1154
Yaqub, fils du calife almohade, s'installe à Séville et organise la guerre sainte contre les royaumes chrétiens.

1154-1189
Règne d'Henri II Plantagenêt, vassal du roi de France pour toutes ses possessions continentales.

1155
À l'assemblée de Soissons, Louis VII, « à la demande du clergé et avec l'accord des barons », établit pour dix ans la paix « dans tout le royaume ». Le roi se rend en pèlerinage à Saint-Jacques-de-Compostelle.

1155
Roman de Brut, par le moine anglo-saxon Wace. Il s'agit de la première œuvre en langue vulgaire relatant les aventures des chevaliers de la Table ronde.

1155
Couronnement impérial à Rome de Frédéric Barberousse par Adrien IV. L'empereur élimine Arnaud de Brescia, accusé d'hérésie, et rétablit l'autorité du pape.

1155-1170
Tristan et Iseult, de Thomas, clerc anglo-normand.

1157
Diète impériale de Besançon. Conflit entre le chancelier impérial et le légat pontifical à propos de l'emploi du terme *beneficium* pour désigner la couronne impériale.

1158
Fondation en Espagne de l'ordre militaire de Calatrava, à l'initiative de l'abbé cistercien de Fitero.

1158
Diète de Roncaglia, lors de laquelle Frédéric Barberousse réaffirme les droits impériaux devant les représentants des villes italiennes. C'est le début de la lutte du Sacerdoce et de l'Empire, qui oppose pendant un siècle l'autorité impériale à l'autorité pontificale au sujet de la détention du pouvoir universel, le *dominium mundi*.

1159
Schisme pontifical. Frédéric Barberousse soutient contre la pape Alexandre III les antipapes Victor IV (1159-1164), puis Pascal II (1164-1168).

1159
Jean de Salisbury écrit le *Polycraticus*, traité d'économie politique.

1160
Louis VII épouse en troisièmes noces Adèle de Champagne.

1160-1165
Roman de Troie, de Benoît de Sainte-Maure. Succès du roman antique.

Vers 1160-1173
Le voyageur juif espagnol Benjamin de Tudela se rend dans les communautés juives de l'Empire byzantin.

1162
Prise et destruction de Milan par Frédéric Barberousse.

1163
Promulgation en Angleterre des Constitutions de Clarendon. Les clercs criminels sont soustraits aux tribunaux ecclésiastiques et soumis à la justice royale. Évêques et abbés sont ramenés au statut commun des barons : le pouvoir royal met la main sur l'Église anglaise.

1163
Le concile de Tours interdit aux moines les études de médecine et de droit.

1163-1260
Construction de la cathédrale Notre-Dame de Paris.

1164
Parlement de Bergen. Les évêques de Norvège revendiquent le droit d'élire le roi.

1165
Canonisation de Charlemagne par l'antipape Pascal III.

1166-1196
Règne d'Étienne Nemanja en Serbie. Il organise un État serbe indépendant, tout en reconnaissant l'autorité suprême de Byzance. Fondateur de la dynastie qui règnera jusqu'en 1371. Devenu moine, il est reconnu saint après sa mort.

1167

Constitution de la Ligue lombarde : coalition de vingt-deux villes d'Italie du Nord contre la réaffirmation des droits impériaux sur l'Italie.

1167-1175 ?

Tenue contestée d'un concile cathare à Saint-Félix-de-Caraman, où se serait imposée la doctrine dualiste radicale de Nicétas.

1169-1190

Activité littéraire de Chrétien de Troyes. Sa première œuvre, *Érec et Énide*, est composée en 1169-1170.

1170

Assassinat de Thomas Becket dans sa cathédrale de Canterbury, sur l'ordre de Henri II. Chancelier devenu archevêque en 1162, il s'attachait à la défense contre la politique royale des privilèges de l'Église, et en particulier de l'immunité ecclésiastique.

1170-1172

Henri II conquiert l'Irlande.

1170

Fondation en Espagne de l'ordre militaire de Santiago, regroupant clercs et chevaliers laïcs.

1170-1200

Roman d'Alexandre, long poème dont le thème appartient à la matière antique, regroupant plusieurs strates de textes rassemblés à la fin du XIIe siècle. A donné son nom au vers de douze syllabes ou alexandrin.

Vers 1170
Fondation de Copenhague.

1171
Chute du Califat fatimide. Salah al-Din (Saladin), descendant d'officiers kurdes au service des Zangides de Syrie, renverse le calife du Caire, rétablit le sunnisme et fonde la dynastie ayyubide dont la domination s'étendra, outre l'Égypte, sur le Yémen, la Syrie et la Mésopotamie (1171-1250).

1172
À Venise, le Grand Conseil accapare la nomination du doge au détriment de l'Assemblée du peuple.

1173
Révolte des fils de Henri II, Henri le Jeune et Richard, qui obtiennent le soutien de leur mère Aliénor et celui des rois de France et d'Écosse.

1173
Naissance du mouvement vaudois et prédication de Pierre Valdès.

1172-1196
Règne en Hongrie de Béla III. Il annexe la Croatie, la Dalmatie et la Bosnie et fait appel aux Saxons pour la colonisation de la Transylvanie.

1174
Bataille d'Alnwick. Les Écossais sont vaincus par Henri II. Le royaume d'Écosse devient un fief d'Henri II auquel son roi doit prêter hommage lige.

1174
Saladin s'empare de Damas.

1174
Essor des foires de Champagne. Le comte Henri le Libéral crée des « gardes » pour en assurer la police et le bon déroulement.

1174-1185
Règne de Baudouin IV de Jérusalem, le roi lépreux.

1175
Henri II fait reconnaître sa suzeraineté sur l'Irlande.

1175
Gérard de Crémone traduit l'*Almageste* de Ptolémée.

1175-1250
Composition du *Roman de Renart*, succession de contes animaliers écrits par une vingtaine d'auteurs le plus souvent anonymes. L'œuvre est répartie en de multiples récits ou branches, qui ont été remaniés et complétés ultérieurement.

1176
Bataille de Legnano. Frédéric Barberousse est tenu en échec par la Ligue lombarde.

1176
Bataille de Myriokephalon, en Phrygie. L'empereur Manuel Ier Comnène est vaincu par le sultan seldjoukide. L'Asie Mineure tombe aux mains des Turcs.

1176-1181

Chrétien de Troyes écrit *Yvain ou le Chevalier au lion* et *Lancelot ou le Chevalier de la charrette*. Les deux œuvres, rédigées parallèlement, forment une sorte de diptyque.

1177

Paix de Venise. Un armistice de six ans est conclu entre Frédéric Barberousse et la Ligue lombarde. L'empereur renonce à gouverner le royaume d'Italie.

1177

Fondation en Espagne de l'ordre de Trujillo. Il deviendra, en 1218, l'ordre d'Alcantara.

1177

Alphonse VIII concède à sa nouvelle capitale le *fuero de Cuenca* (code municipal), qui connaîtra une remarquable diffusion et servira de modèle à de nombreuses fondations des villes.

1177

Dans une lettre au chapitre de Cîteaux, Raimond V de Toulouse expose le péril cathare en Languedoc.

1179

Accord de Cazorla entre Alphonse VIII de Castille et Alphonse II d'Aragon-Catalogne sur le partage d'Al-Andalus. L'Aragon se voit attribuer le royaume de Valence jusqu'à Alicante, la Castille tout le reste (y compris Murcie).

1179
Condamnation d'Henri le Lion, duc de Saxe et de Bavière, dont la puissance s'est développée à la faveur de l'expansion allemande à l'est. Frédéric Barberousse prononce la confiscation de ses fiefs.

1179
Troisième concile du Latran. Un décret sur les conditions de validité pour les élections aux offices ecclésiastiques y est promulgué : en l'absence d'unanimité lors des élections pontificales, le candidat ayant obtenu deux tiers des voix sera élu.

1179
Sacre de Philippe II Auguste.

Vers 1180
Réalisation de Notre-Dame de la Belle-Verrière, le vitrail de la Vierge à l'Enfant de la cathédrale de Chartres. La construction de la cathédrale gothique a été amorcée au milieu du XIIe siècle.

Vers 1180
Tristan et Iseut de Béroul, trouvère anglo-normand.

1180-1223
Règne de Philippe Auguste. Le rapport de force entre le roi et ses vassaux s'inverse. Le souverain réalise un véritable programme de reconquête féodale de son royaume. Le domaine royal connaît une extension considérable et le souverain met en place une administration efficace (développement de l'institution des baillis, création d'organes spéciali-

sés à la cour royale). Il profite des circonstances (félonie, mariage, déshérence) pour reprendre le contrôle des grands fiefs et soutient le mouvement communal.

1181-1185

Philippe Auguste triomphe d'une coalition féodale. Par le traité de Boves, il annexe au domaine royal le Vermandois et Amiens.

1181-1190

Perceval ou le Conte du Graal, roman inachevé de Chrétien de Troyes.

1182

Massacre des Vénitiens à Constantinople. Les Italiens sont chassés de l'Empire byzantin.

1183

Paix de Constance entre l'empereur Frédéric Barberousse et les villes d'Italie. Elle consacre l'indépendance des villes lombardes qui se gouvernent elle-mêmes (choix de leurs consuls, exercice des pouvoirs régaliens) et reconnaissent en échange leur fidélité à l'empereur. Le Nord de l'Italie est désormais divisé en une vingtaine de petites républiques urbaines étendant leur pouvoir sur le *contado* environnant.

1184

Condamnation des vaudois et des autres mouvements hérétiques au concile de Vérone. Vers 1170-1173, Pierre Valdès, riche marchand lyonnais, rassemble les « Pauvres de Lyon », mouvement évangélique qui entend vivre la pauvreté du Christ. Les membres adoptent une pauvreté radicale et se lancent dans la prédication, invitant les populations urbaines à suivre l'Évangile, dont ils donnent une traduction en langue romane (langue d'oc). Alors que leur règle de vie a été approuvée par le concile de Latran III, ils deviennent suspects à l'Église car, en continuant à prêcher, ils usurpent la fonction apostolique qui est celle du clergé.

1184

Construction du pont d'Avignon par saint Bénezet et ses compagnons.

1186

Frédéric Barberousse marie son fils Henri à Constance, héritière du royaume normand de Sicile.

1186

De Amore, d'André le Chapelain. Traité sur l'amour courtois rédigé en Champagne, le *De Amore* est une « modernisation » de *L'Art d'aimer* d'Ovide, mais il est aussi influencé par l'œuvre de Chrétien de Troyes. À partir d'une définition de l'amour, l'auteur s'interroge sur la quête permanente de la perfection érotique. L'ouvrage sera condamné en 1277 par l'évêque de Paris.

1187

Reprise de la guerre entre Henri II et son fils Richard. Philippe Auguste soutient Richard dans l'espoir d'affaiblir son vassal. Henri meurt à Chinon en juillet 1189.

1187
Bataille des Cornes de Hattin. Saladin s'empare de Jérusalem, dont le roi est fait prisonnier, puis de Saint-Jean-d'Acre.

1188
Réunion des Cortes de Léon. Apparition en Castille des assemblées d'états, réunissant les représentants de la noblesse, du clergé et des villes.

1188
Construction du « Portique de la Gloire » à Saint-Jacques-de-Compostelle.

1189-1190
Troisième croisade. Départ de Philippe Auguste et Richard Cœur de Lion. Philippe Auguste crée les baillis, représentants du roi chargés de contrôler la gestion des prévôts.

1190
Départ pour la croisade de Frédéric Barberousse. Le 10 juin, il se noie en traversant un torrent d'Anatolie.

1190
La boussole est connue en Occident.

1191
Richard Cœur de Lion conquiert Chypre sur l'empereur byzantin Isaac Ange, puis, avec Philippe Auguste, assiège Saint-Jean-d'Acre qui capitule.

1191
Fondation en Terre sainte des chevaliers Teutoniques, fraternité destinée au soin des malades, de

recrutement exclusivement germanique. L'hôpital des Allemands de Saint-Jean-d'Acre donne naissance à un ordre de chevalerie reconnu en 1196 par Célestin III et confirmé en 1198. Les chevaliers portent un manteau blanc à croix noire.

1191-1200

Moïse Maïmonide, philosophe juif de Cordoue, rédige en arabe le *Guide des égarés*, sorte de méditation philosophique sur les fondements de la religion hébraïque, écrite à l'intention de ceux dont la culture biblique et talmudique est entrée en conflit avec un savoir philosophique récemment acquis.

1192

Le pape Célestin III assimile formellement l'entreprise de reconquête à une croisade.

1192-1194

Sur le chemin du retour en Angleterre, Richard Cœur de Lion est arrêté par le duc d'Autriche qui le livre à l'empereur Henri VI. Il est libéré en janvier 1194 contre une énorme rançon et une prestation d'hommage à l'empereur.

1194

Bataille de Fréteval. Richard Cœur de Lion bat Philippe Auguste.

1194

L'empereur Henri VI devient roi de Sicile.

1194-1260

Construction de la cathédrale de Chartres.

1195

Les Almohades remportent sur le roi de Castille Alphonse VIII une écrasante victoire à Alarcos, dans la sierra Morena. La frontière de la Castille est ramenée sur le Tage. Le désastre suscite une profonde émotion en Europe.

1196-1198

Richard Cœur de Lion récupère ses fiefs continentaux.

1197

Mort d'Henri VI, empereur germanique et roi de Sicile. Schisme impérial opposant Philippe de Souabe, frère d'Henri VI à Otton de Brunswick, fils d'Henri le Lion, que soutient le pape.

1197-1198

Construction de Château-Gaillard par Richard Cœur de Lion.

1198

Le royaume de France est placé sous interdit, à la suite de la répudiation par le roi Philippe Auguste d'Ingeburge de Danemark, épousée en 1193.

1198

Mort à Marrakech d'Averroès (Ibn Rushd), philosophe andalou né à Cordoue en 1126, qui a exercé les fonctions de médecin et de juriste à la cour des princes almohades entre 1153 et 1195. On retient ses nombreux commentaires d'Aristote, dont l'œuvre représente à ses yeux la véritable philosophie, et qu'il contribue à restituer dans toute sa rigueur. Ses commentaires, connus par leurs traductions latine (1225) et hébraïque, ont beaucoup influencé la pensée scolastique et ont été étudiés dans les facultés des arts à partir de 1250. Condamnées par les rigoristes musulmans, les œuvres d'Averroès sont brûlées de son vivant, et lui-même est condamné à l'exil.

1198-1216
Pontificat d'Innocent III. Exaltation de la *plenitudo potestatis* pontificale sur l'Église universelle. En tant que *vicarius Christi*, le pape transmet leurs royaumes aux souverains temporels. Développement de la centralisation romaine dans la vie de l'Église (importance des légats).

1199
Richard Cœur de Lion est tué alors qu'il fait le siège du château de Châlus dans le Limousin. Avènement de Jean sans Terre, dernier fils de Henri II.

1199
Canonisation du marchand de Crémone Homebon, mort en 1197. Premier exemple de sainteté dans le monde du commerce.

Fin du XIIe siècle
Rédaction du *Sirventes* par Bertran de Born.

Vers 1200
Apogée du *Minnesang* (« chant d'amour »), terme désignant la poésie courtoise de langue allemande,

qui se développe dans la seconde moitié du XIIe siècle et se prolonge jusqu'à la fin du XIIIe siècle. Elle reprend la lyrique de l'amour courtois née chez les troubadours de langue d'oc. Sa terre d'élection est l'Allemagne du Sud, et le plus illustre des *Minnesänger* est Walther von der Vogelveide.

1200

Philippe Auguste publie les premiers statuts de l'université de Paris.

Début du XIIIe siècle

Raoul de Cambrai, chanson de geste, poème de la révolte féodale.

1200

Traité du Goulet. Jean sans Terre prête hommage à Philippe Auguste. Philippe Auguste reçoit le Vexin normand.

Vers 1200

Aucassin et Nicolette, œuvre anonyme composée en Picardie et que son auteur qualifie de « chante-fable », mot désignant sans doute la forme originale de l'œuvre, constituée par l'alternance régulière de vingt et une parties en vers, destinées au chant, et de vingt parties en prose.

Apr. 1200

Le *Nibelungenlied*, épopée allemande de 3 379 strophes réparties en trente-neuf « aventures », composée en Autriche, connaît un succès immédiat. L'auteur de la chanson serait Konrad, clerc de la chancellerie épiscopale de Passau, mais la matière de la légende, l'histoire de Siegfried et de Kriemhild, est beaucoup plus ancienne. À partir du thème historique du massacre des Burgondes par les Huns, elle traite des exploits de Siegfried, maître du trésor des Nibelungen, pour aider le roi Gunther à gagner la main de Brünhild, de son mariage avec Kriemhild, sœur de Gunther, de sa mort sous les coups du traître Hagen, et de la vengeance de Kriemhild.

1202

Mort de Joachim de Flore. Depuis une vingtaine d'années, il développait dans ses écrits (*Concordia Veteris et Novi Testamenti*, *Expositio in Apocalypsin*) une conception novatrice de la Trinité – qui correspondrait à trois étapes dans l'histoire de l'humanité – et avait acquis une grande autorité prophétique et morale.

1202

À la demande de Hugues de Lusignan, fiancé d'Isabelle d'Angoulême, que Jean sans Terre vient d'épouser, Philippe Auguste cite Jean devant sa cour. Jean refuse de comparaître et est condamné. Philippe Auguste prononce la confiscation de tous ses fiefs français.

1202

Création de l'ordre des chevaliers Porte-Glaive pour protéger les missions et les populations converties de Livonie et Lettonie. Entre 1200 et 1350, mille deux cents villages sont fondés en Silésie par les colons allemands.

1202
Liber Abaci, du mathématicien Pisan Leonardo Fibonacci. Il y développe ce qu'un marchand chrétien peut retenir et utiliser de l'arithmétique arabe. En 1220, Fibonacci rédige une *Practica geometriæ*.

1202-1241
Règne de Valdemar II le Victorieux au Danemark. Il conquiert la Norvège, la Courlande et l'Estonie. Frédéric II lui reconnaît la suzeraineté des territoires à l'est de l'Elbe.

1203
Philippe Auguste entreprend la conquête de la Normandie dont il a prononcé la commise.

1203-1228
Construction de la Merveille du Mont-Saint-Michel, remarquable expression du gothique rayonnant.

1203
La quatrième croisade, qui débute en 1202 et s'achève en 1203, est détournée vers Constantinople. Les croisés, qui se sont donné pour objectif l'Égypte – dont dépend la Palestine –, sont détournés en raison des ambitions de Venise et de la mésentente avec les chrétiens d'Orient. Le fils d'Isaac II Ange, détrôné par Alexis III, persuade les Vénitiens de rétablir en priorité son père sur le trône impérial. Constantinople est prise d'assaut, Alexis III détrôné, Isaac et son fils rétablis sur le trône.

13 avril 1204

Prise et sac de Constantinople par les croisés. Fondation de l'Empire latin de Constantinople (1204-1261). Les barons francs se partagent la Thrace, la Macédoine et le Péloponnèse (Achaïe) qui forment des principautés vassales de Constantinople. Les Byzantins en fuite fondent trois principautés indépendantes et rivales : le despotat d'Épire, l'empire de Trébizonde et l'empire de Nicée (fondé par Théodore Lascaris). Du pillage de Constantinople, les Vénitiens rapportent un important butin, dont les quatre chevaux de bronze ornant la façade de la basilique Saint-Marc.

1204

Gengis Khan (1167-1227), maître de la Mongolie. Il fédère les clans mongols en un nouveau peuple, les « Mongols bleus », répartis en unités militaires.

24 juin 1204

Philippe Auguste entre à Rouen. Jean sans Terre a perdu avec la Normandie l'essentiel de ses fiefs continentaux.

Apr. 1204

Les Génois fondent les comptoirs commerciaux de Caffa et Tana sur la mer Noire.

Vers 1205

Wolfram von Eschenbach signe *Parzival*, adaptation allemande de l'œuvre de Chrétien de Troyes.

1205
Bataille d'Andrinople. Les croisés sont écrasés par une armée de Grecs et de Bulgares conduite par le tsar de Bulgarie Jean II Kalojan Asen. L'empereur latin de Constantinople Baudouin Ier disparaît. Il est peut-être mort prisonnier.

1206
Conquête de l'Anjou et de la Touraine par Philippe Auguste.

1206
François Bernadone, fils d'un marchand d'Assise, se retire du monde et prend le statut de pénitent.

1206
L'assemblée générale des tribus mongoles proclame Gengis Khan empereur des tribus de Mongolie et lui donne le titre de khan universel (Gengis Khan). Elle l'investit d'un mandat céleste qui lui soumet le monde entier.

1206
Dominique, chanoine d'Osma, séjourne en Languedoc et constate les ravages du catharisme. Il entreprend de combattre les hérétiques sur leur propre terrain, par la prédication et la pratique de la pauvreté évangélique, et réunit autour de lui, à Prouille, une petite communauté de clercs.

1207

Geoffroi de Villehardouin compose *La Conquête de Constantinople*, récit de la quatrième croisade jusqu'à la mort du marquis Boniface de Montferrat, en 1207.

1209

Assassinat dans le royaume franc du légat pontifical Pierre de Castelnau. Innocent III rend le comte de Toulouse Raimond VI responsable du meurtre et l'excommunie. Il exige l'organisation d'une croisade contre les hérétiques albigeois.

1209-1213

Simon de Montfort dirige la croisade contre les albigeois. L'expédition, dont Philippe Auguste prend officiellement la tête, regroupe de nombreux seigneurs de l'Île-de-France et du nord du royaume.

1209

Sac de Béziers par les croisés du Languedoc.

1209

Assassinat de Philippe de Souabe. Otton de Brunswick (Otton IV) est couronné empereur.

1209

Excommunication de Jean sans Terre. Innocent III prononce l'interdit sur l'Angleterre.

1209

François d'Assise obtient du pape Innocent III l'approbation orale de la petite fraternité de prédicateurs itinérants qu'il vient de fonder. Par humilité, les frères se disent « mineurs », d'où leur nom de Frères mineurs, ou Franciscains.

1210
Frédéric II, fils d'Henri IV et roi de Sicile, est élu roi des Romains avec l'appui de la Papauté. Otton IV attaque le royaume de Sicile. Il est excommunié.

1210-1236
Vitraux de la cathédrale de Chartres.

1210
Interdiction est faite aux maîtres parisiens d'enseigner la métaphysique d'Aristote.

1211
Les Mongols entreprennent la conquête de l'Empire kin, en Chine du Nord.

1212
Frédéric II est couronné roi de Germanie à Francfort.

1212
Le pape Innocent III promulgue une bulle de croisade ; il appelle les souverains chrétiens d'Espagne à s'unir et fixe la date et le lieu de rassemblement des croisés. L'armée, réunie à Tolède, regroupe des contingents des cinq royaumes chrétiens de la péninsule, mais les contingents étrangers se retirent avant le début de la campagne.

6 juillet 1212
Les souverains chrétiens de Castille, d'Aragon et de Navarre infligent une défaite écrasante aux Almohades à la bataille de Las Navas de Tolosa. La victoire a un retentissement considérable. Elle marque l'effondrement de la puissance almohade et le recul définitif de l'Islam en Espagne, où la Reconquête chrétienne ne donnera plus lieu à de véritables batailles.

1212
Croisade des enfants : embarqués à Marseille, ils sont vendus comme esclaves à Alexandrie.

1213
Raimond VI de Toulouse et ses vassaux sont vaincus par Simon de Monfort et font leur soumission.

1213
Bataille de Muret. Le roi Pierre II d'Aragon, qui a pris le parti des vassaux excommuniés du roi de France contre l'armée des croisés, est battu et tué. La principauté catalano-languedocienne, qui formait un vaste État féodal méditerranéen s'étendant de la vallée de l'Èbre à Nice, se disloque.

1213
Jean sans Terre se reconnaît vassal du Saint-Siège et prête hommage au pape.

1213
Chanson de la Croisade albigeoise, de Guillaume de Tudela.

1213-1276

Règne de Jacques Ier d'Aragon, dit « le Conquérant ». Le roi abandonne toute prétention sur le Languedoc et se tourne délibérément vers la péninsule, où il entreprend la conquête du Levant.

Dimanche 27 juillet 1214

Bataille de Bouvines. Philippe Auguste remporte une écrasante victoire sur une coalition rassemblant Jean sans Terre, l'empereur excommunié Otton IV, et les comtes de Boulogne et de Flandre. Un triomphe exceptionnel lui est réservé à son retour à Paris.

1215

Jean sans Terre concède aux barons révoltés la Grande Charte (ou Charte des libertés) en soixante-trois chapitres, qui se propose de limiter l'arbitraire royal. Le baronnage devient le principal interlocuteur de la royauté.

1215

Quatrième concile du Latran. Pour la première fois, un concile réuni par le pape légifère sur la vie religieuse des laïcs (organisation du « conformisme religieux » : la confession et la communion annuelles sont rendues obligatoires). Le concile renouvelle les mesures contre les hérétiques. Il marque l'apogée de l'institution pontificale (« monarchie pontificale »). Les juifs se voient interdire toute charge qui les mettrait au contact de chrétiens et sont astreints au port de signes distinctifs sur leurs vêtements.

1215
Le légat Robert de Courson (ou Courçon) confère ses premiers statuts et privilèges à l'université de Paris.

1215
Simon de Montfort est investi du comté de Toulouse par le concile de Latran, qui déshérite Raimond VI.

1215
À Florence, affrontement entre les guelfes, partisans d'Otton IV et du pape, et les gibelins, qui soutiennent l'empereur Frédéric II. La division entre guelfes et gibelins se poursuivra dans la plupart des villes italiennes jusqu'aux années 1330.

1215-1230
Rédaction de *Lancelot en prose*, premier roman en prose, dont le personnage principal est emprunté à Chrétien de Troyes. L'auteur se propose de l'associer à l'histoire du Graal. Avec d'autres romans composés entre 1215 et 1240 autour du thème de la quête du Graal, l'œuvre constitue un cycle de cinq romans auquel on donne le nom de *Lancelot-Graal*. Une telle construction permet de relier la légende arthurienne aux temps évangéliques.

1216
Expédition de Louis de France en Angleterre à l'appel des barons anglais révoltés, qui lui offrent la couronne royale. Mort de Jean sans Terre.

1216

Fondation à Rome de l'ordre des dominicains, qui adopte la Règle de saint Augustin. Saint Dominique obtient d'Innocent III la transformation de sa fraternité de prédicateurs en un ordre religieux ; dès 1217, une bulle pontificale parle de l'« ordre des prêcheurs ». Dominique disperse ses frères et les envoie prêcher dans les grands centres urbains, en particulier Paris et Bologne, où, en 1220, se tient le premier chapitre de l'ordre. Dominique meurt en 1221, puis est canonisé en 1233.

1217-1218

Cinquième croisade, dirigée contre l'Égypte.

1218

Révolte de Toulouse. Simon de Montfort est tué en essayant de reprendre la ville.

1220

Frédéric II couronné empereur par Honorius III conserve le gouvernement du royaume de Sicile. Il fait élire et couronner son fils comme roi des Romains et lui confie le gouvernement de la Germanie, lui-même s'intéressant surtout à la Sicile et à la Méditerranée.

1220

Fondation officielle de l'ordre des frères mineurs, dont le cardinal Hugolin est nommé protecteur. François d'Assise rédige en 1221 la Règle de l'ordre, qui est approuvée en 1223 par Honorius III.

1220-1221
Premier chapitre général des frères prêcheurs à Bologne.

Vers 1220
Album de modèles d'architecture et de machines dessinés par Villard de Honnecourt.

1220-1230
Sachsenspiegel, de Eike von Repkow, recueil des coutumes féodales saxonnes.

1220-1250
Règne de Frédéric II. Il réorganise la Sicile en 1221.

1221
Le patriarche de Constantinople accorde l'autocéphalie à l'Église de Serbie.

1222
Expansion de l'Empire grec de Nicée, sous le règne de Jean III Vatatzès (1222-1254).

1222-1235
Snorri Sturluson (1178-1241), compositeur de sagas, poète, historien et homme politique islandais, compose son œuvre : *La Saga d'Egill, fils de Grimr le Chauve*, un des chefs-d'œuvre du genre, l'*Edda*, dite « en prose », et la *Heimskringla*.

14 juillet 1223
Mort de Philippe Auguste. Premières grandes funérailles royales. Son règne qui fait de lui le seul maître du royaume a valu au roi le surnom d'*Augustus*.

1223
Sacre de Louis VIII, premier roi capétien à ne pas avoir été sacré et associé au trône du vivant de son père.

1223
Honorius III approuve la Règle franciscaine.

1224-1225
Cantique des créatures, composé en dialecte ombrien par François d'Assise, un des premiers textes en langue vulgaire de la littérature italienne.

1224
Saint François reçoit les stigmates. Il meurt en 1226 et est canonisé en 1228.

1224
Frédéric II fonde à Naples la première université d'État de l'Occident, pour y former ses agents. Les professeurs (droit, rhétorique) sont des membres de l'administration.

Vers 1225
Généralisation du régime de la podestatie dans les communes italiennes. Le podestat est le magistrat suprême des cités italiennes constituées en communes.

1225
Les chevaliers Teutoniques fondent Königsberg et s'installent en Prusse.

1226
Louis VIII prend la direction de la croisade royale contre les albigeois et attaque le comte de Toulouse Raimond VII qui a repris le contrôle du comté. Il meurt sur le chemin du retour.

1226
Avènement de Louis IX (saint Louis). Âgé de douze ans, il est armé chevalier et sacré à Reims. Sa mère Blanche de Castille assure la régence. Plusieurs soulèvements de grands féodaux marquent la période de minorité royale.

1227
Le pape Grégoire IX excommunie Frédéric II pour avoir refusé de partir à la croisade.

1227
Mort de Gengis Khan.

1227
Bataille de Bornhöved. Effondrement de l'hégémonie danoise et essor du commerce allemand dans la Baltique.

1228
Rébellion générale contre les Almohades qui sont chassés d'Espagne. Nouvelle décomposition d'Al-Andalus en *taifas*, totalement impuissants à conjurer le dynamisme des royaumes chrétiens.

1228-1229
Sixième croisade, à l'initiative de Frédéric II. Ce dernier conclut un traité avec le sultan d'Égypte Malik

al-Kamil, qui lui restitue Jérusalem, Bethléem et Nazareth.

1229

Traité de Paris. Fin de la croisade des albigeois. Le comte de Toulouse abandonne au roi la partie orientale de son comté (sénéchaussées de Beaucaire et Carcassonne). Son héritière Jeanne épouse Alphonse de Poitiers, frère cadet du roi. Si le couple n'a pas d'enfant, la principauté reviendra à la couronne. Le Languedoc est rattaché au domaine royal qui atteint la Méditerranée. Une université est fondée à Toulouse pour lutter contre l'hérésie.

1229

Traité de San Germano. Réconciliation entre Grégoire IX et Frédéric II.

1229-1235

Conquête des Baléares (Majorque et Minorque) par Jacques Ier d'Aragon.

1229-1231

Grève de l'université de Paris.

1230

Union définitive de la Castille et du Léon.

1230

Réception en Occident des commentaires d'Averroès sur Aristote.

Vers 1230

Composition de la première partie (quatre mille vers) du *Roman de la Rose*, par Guillaume de Lorris.

1231
Diète de Worms. Frédéric II promulgue le *Statutum in favorem principis* et accorde aux vassaux laïcs les mêmes droits qu'aux vassaux ecclésiastiques.

1231
L'Inquisition, tribunal ecclésiastique d'exception contre les hérétiques, est organisée par Grégoire IX et confiée aux ordres mendiants.

1231
Bulle *Parens scientiarum* de Grégoire IX, en faveur de l'université de Paris.

1231
Frédéric II promulgue les Constitutions de Melfi, qui réorganisent la Sicile et établissent un État moderne avec fonctionnaires rétribués et pouvoir central fort.

1232-1235
Le dominicain Ramon de Peñafort rédige la *Summa de pœnitentia*, manuel de confesseurs.

1233
Institution de l'Inquisition en Languedoc.

1234
Majorité de Louis IX. Il se marie avec Marguerite de Provence, qui lui donnera onze enfants entre 1240 et 1258. L'intérêt des Capétiens se tourne vers la Méditerranée.

1234

Mort de Sanche VII de Navarre. La couronne échoit à son neveu Thibaut de Champagne.

1234

Les Mongols dominent la Chine du Nord.

1236

Ferdinand III de Castille reconquiert Cordoue.

1236

Frédéric II envahit la Lombardie. Dans la bulle *Si memoriam*, Grégoire IX énumère une série de griefs avant d'élever le débat au niveau théorique des principes devant régler les rapports entre Empire et Papauté.

1237

Les Mongols, menés par Batu, se tournent vers l'Occident ; ils ravagent la Russie (1237-1240) et commencent à s'y établir (khanat de la Horde d'or). À partir de 1245, la domination mongole s'étend sur toute la Russie.

1237

Ouverture de la route du Saint-Gothard.

1237

Bataille de Cortenuova. Frédéric II remporte une victoire sur les villes lombardes.

Vers 1237

Hugues de Saint-Cher établit une première concordance de la Bible. Il rédige un recueil de remarques de critique textuelle sur la traduction latine de saint Jérôme.

1238
Conquête du royaume de Valence par Jacques Ier.

1238
Frédéric II autorise l'école de Salerne à faire la dissection d'un cadavre.

1238
Construction de l'Alhambra de Grenade. Le *Generalife* (« jardin du savant ») ne sera construit qu'au XIVe siècle.

1239
Seconde excommunication de Frédéric II. Grégoire IX lance l'interdit contre l'empereur et convoque un concile général.

1240
Ferdinand III de Castille promulgue le *Fuero juzgo*, traduction du *Liber judicum* wisigothique.

1240
Robert Grosseteste traduit en anglais l'*Éthique à Nicomaque* d'Aristote.

1241
Henri III d'Angleterre entreprend la reconquête de ses fiefs continentaux.

1241-1248
Construction à Paris de la Sainte-Chapelle, destinée à abriter la couronne d'épines. L'ampleur et l'exceptionnelle richesse de ses verrières la font immédiatement considérer comme un chef-d'œuvre, qui sera maintes fois copié.

1241
Effondrement de la Hongrie sous l'assaut des Mongols, qui poursuivent leur raid à travers l'Europe centrale (Pologne), menacent Vienne et atteignent l'Adriatique.

1242
Batailles de Taillebourg et de Saintes. Louis IX arrête une tentative d'invasion anglaise. Henri III battu se réfugie en Aquitaine et renonce à sa tentative de reconquête.

1242
Alexandre Nevski, prince de Novgorod, arrête sur le lac Peïpous l'expansion en Russie des chevaliers Porte-Glaive.

Vers 1242
Édification de l'église de Heddal, la plus vaste des églises en bois (*stavkirke*) construites en Norvège entre le XIe et le XIVe siècle.

1242-1244
Dernière révolte des barons languedociens et de Raimond VII de Toulouse. Siège et destruction du château de Montségur.

1244
Les Turcs de Kharezm conquièrent Jérusalem.

1245-1247
Mission du légat pontifical franciscain Jean du Plan Carpin chez les Mongols. Il fait le récit de ses voyages dans l'*Histoire des Mongols*. L'Occident

médiéval lui doit ses premières connaissances précises sur les Mongols et l'Asie centrale.

1245

Concile de Lyon. Le pape Innocent IV fait déposer Frédéric II (le 18 juillet). Dans une lettre datée du 31 juillet, adressée à tous les princes chrétiens, l'empereur revendique le pouvoir universel qu'il tient directement de Dieu.

1245-1248

Enseignement d'Albert le Grand, dominicain allemand, à Paris. Promu maître de l'université de Paris, il dirige l'une des deux écoles de Prêcheurs. Premier interprète scolastique de l'œuvre d'Aristote redevenue accessible dans les traductions de l'arabe, il laisse une œuvre considérable, couvrant tous les domaines du savoir tant en philosophie qu'en théologie ; il compte Thomas d'Aquin au nombre de ses disciples.

1247

Promulgation des *fueros de Aragón*, qui intègrent la coutume au droit romain.

1247

Création des enquêteurs royaux en France.

1247-1249

Révolte des mudéjars de Valence. Jacques Ier décide l'expulsion générale des musulmans du royaume. Les chrétiens resteront encore minoritaires pendant plusieurs décennies. En 1272, le royaume compte trente mille chrétiens et deux cent mille musulmans.

1248
Conquête de Séville par Ferdinand III de Castille. Le souverain se proclame « roi de trois religions ».

1248-1254
Septième croisade, conduite par le roi Louis IX. Nouvelle régence de Blanche de Castille. Les croisés s'emparent de Damiette.

1250
Mort de Frédéric II en Apulie. Déclin de l'idée impériale, qui ne correspond plus à aucune réalité politique. En Germanie débute une période d'anarchie. Les principautés féodales se rendent indépendantes.

1250
Gouvernement du Premier Peuple à Florence. Nouvelle organisation politique destinée à contrôler le podestat et les conseils urbains.

1250
Bataille de Mansourah. Louis IX et douze mille croisés sont faits prisonniers (avril). Le roi est libéré (6 mai) contre la restitution de Damiette.

1250
Au Caire, les Mamelouks (esclaves turcs) renversent la dynastie ayyubide et fondent une dynastie qui domine l'Égypte et la Syrie jusqu'à la conquête ottomane.

Vers 1250
Constitution du Parlement de Paris. Certaines sections de la Cour royale se spécialisent et deviennent

quasi permanentes. Mise en place d'une véritable administration centrale du royaume.

Apr. 1250

Vincent de Beauvais, frère prêcheur, rédige à la demande de Louis IX le *Speculum majus*. Cette encyclopédie de l'âge gothique réunit des extraits et abrégés de divers auteurs ainsi que les propres notes de l'auteur. Divisée en trois parties (*Speculum historiale*, *Speculum naturale* et *Speculum doctrinale*), elle connaît un succès considérable.

Apr. 1250

L'usage de la brouette se répand en Europe.

1250-1273

Grand interrègne dans le Saint Empire.

1252

Le pape Innocent IV autorise l'Inquisition à pratiquer la torture.

1252-1259

Première période d'enseignement du dominicain Thomas d'Aquin à Paris. Il devient maître en théologie en 1256 et dirige l'école de Saint-Jacques. Roger Bacon enseigne à Oxford.

1252

Mort de Blanche de Castille. Règne personnel de Louis IX (1252-1270). Rentré en France en 1254, il est très affecté par l'échec de la croisade. Sa politique intérieur est désormais tout entière marquée par une préoccupation de justice et de moralisation de la vie publique. Sa politique étrangère, répondant également au désir de faire triompher la paix chrétienne, est empreinte d'un grand réalisme et contribue largement à l'exaltation du prestige royal.

1252-1284

Règne en Castille d'Alphonse X le Sage (ou le Savant). Il fait de la cour de Castille un foyer intellectuel (scientifique, littéraire, historiographique et juridique) de première importance. Lui-même compose les *Cantigas de Santa María* (430 chants avec musique), chef-d'œuvre de poésie mariale.

1252

Apparition de la monnaie d'or (florin) à Gênes et Florence.

1253-1278

Règne d'Ottokar II en Bohême. Apogée du royaume. Ottokar conquiert l'Autriche, puis enlève la Styrie aux Hongrois (1261). Il fonde plus de soixante villes allemandes dans son royaume.

1254

Grande ordonnance de Louis IX sur la « réformation » du royaume de France et la gestion des baillis.

1254

La formule de suscription *Rex Franciae* est définitivement adoptée par les services de la chancellerie.

1254

Le franciscain Gerardo di Borgo San Donnino publie son *Introduction à l'Évangile éternel*, marqué par le courant joachimite.

1254
Guillaume de Rubrouk, qui a gagné la Mongolie par Constantinople et la basse Volga, est reçu à Karakoram par le grand khan des Mongols.

1254
Saint Bonaventure, entré dans l'ordre franciscain en 1243, reçoit la *licencia docendi* et prend la charge de l'école franciscaine de l'université de Paris.

1255-1260
Querelle entre séculiers et mendiants à l'université de Paris. Guillaume de Saint-Amour attaque les ordres mendiants dans le *De periculis novissimorum temporum*. Le poète Rutebeuf compose plusieurs écrits (dont *Le Dit des règles*) au service de la résistance des séculiers, qu'anime Guillaume de Saint-Amour.

1257
Richard de Cornouaille, puis Alphonse X de Castille, élus rois des Romains, sont candidats à la couronne impériale. Le souverain castillan tente en vain de se faire couronner à Rome et renonce à ses prétentions en 1275.

1257
Fondation à Paris d'un collège pour les étudiants en théologie pauvres par Robert de Sorbon, maître en théologie et chapelain de Louis IX.

1257-1272

Saint Bonaventure est élu ministre général de l'ordre des Frères mineurs. Il compose le *Breviloquium*, « somme de théologie trinitaire et révélée » (H. de Lubac), en 1259, et un remarquable traité de théologie mystique, l'*Itinéraire de l'esprit vers Dieu* (*Itinerarium mentis in Deum*), où il expose de manière ascendante et mystique (*a parte creaturae*) ce que le *Breviloquium* exposait de manière descendante et théologique (*a parte Dei*).

1258

Louis IX interdit le duel judiciaire, le port d'armes et toute forme de guerre privée dans le royaume. Des procédures d'enquête sont instituées dans les cours royales.

1258

Traité de Corbeil entre saint Louis et Jacques Ier d'Aragon. Le roi de France renonce à tous ses droits sur la Catalogne et le Roussillon.

1258-1259

En réponse à la Pétition des barons qui exprime les revendications de la société aristocratique, le Parlement britannique promulgue les Provisions d'Oxford, qui soumettent le roi à une série de conseils et au contrôle du Parlement : organisation de sessions fixes et régulières du Parlement, création d'un conseil des Quinze qui conseillera le roi et contrôlera le justicier et le chancelier, mise en place d'une commission législative de douze barons, renouvellement des châtelains royaux… Le roi et les barons jurent d'observer les Provisions.

1258

Prise et destruction de Bagdad par le Mongol Hulagu.

1259

Traité de Paris. Fin du conflit féodal amorcé en 1202 entre le roi capétien et son vassal Plantagenêt. Henri III renonce à la Normandie, l'Anjou, la Touraine, le Maine et le Poitou, définitivement perdus. En revanche, Louis IX lui abandonne en fief Saintonge, Limousin, Quercy et Périgord. Henri III s'engage à prêter hommage lige au roi pour l'ensemble de son fief d'Aquitaine.

Vers 1260

Rédaction du *Miracle de Théophile*, drame liturgique de Rutebeuf.

1260-1264

Réaction royale en Angleterre. Henri III proclame la nullité de son serment ; il délie du leur ses officiers et ses sujets. L'Angleterre est au bord de la guerre civile.

1260

Rédaction du *Livre de Justice et de Plet*, traité de droit rédigé en langue vernaculaire, marqué par l'enseignement des maîtres d'Orléans.

1260
Les Mamelouks reprennent la Syrie aux Mongols.

Vers 1260
Jacques de Voragine, dominicain génois, compose *La Légende dorée*, encyclopédie hagiographique, le plus célèbre des légendiers médiévaux, qui connaît une rapide et exceptionnelle diffusion.

Apr. 1260
Emploi des chiffres arabes et du zéro en Italie.

1260-1270
Le *Livre des métiers*, d'Étienne Boileau, prévôt de Paris.

1261
Chute de l'Empire latin de Constantinople. L'empereur grec de Nicée, Michel VIII Paléologue, reconquiert Constantinople. Rétablissement de l'Empire byzantin. La dynastie des Paléologue régnera jusqu'en 1453.

1262-1264
L'Islande devient norvégienne.

1263
La prise de Cadix par les Castillans marque l'achèvement de la reconquête chrétienne. Seul vestige d'Al-Andalus, l'émirat nasride de Grenade subsiste encore dans l'isolement pendant deux siècles.

1263
Ordonnance de Louis IX sur le cours des monnaies : condamnation de l'usure et création de l'écu d'or.

1263
Charles d'Anjou, frère de Louis IX, est investi du royaume de Sicile par la Papauté.

1263
La Castille reconnaît l'indépendance du royaume de Portugal.

1264
« Dit d'Amiens » : les deux parties en conflit en Angleterre s'en remettent à l'arbitrage de saint Louis qui, au nom du caractère sacré de la royauté, condamne les Provisions d'Oxford.
Bataille de Lewes. Simon de Montfort, qui s'est imposé comme le chef de file de la noblesse « réformatrice », et les barons, qui n'ont pas accepté l'arbitrage d'Amiens, triomphent d'Henri III. Fait prisonnier, le roi s'engage à observer les Provisions, à chasser de son conseil les étrangers et à restituer les biens confisqués aux révoltés.

1264
Brunetto Latini écrit le *Livre du trésor*, encyclopédie en français.

1264
Victoire du parti guelfe à Florence. Les gibelins sont condamnés à l'exil en 1267.

1265
Dictature de Simon de Montfort en Angleterre. Il établit un gouvernement oligarchique dont il assure la direction autoritaire. Sa popularité décline et les défections se multiplient.

1265
Le prince Édouard, fils d'Henri III, profite des dissensions entre ses adversaires. Il rassemble une armée qui remporte la victoire d'Evesham. Simon de Montfort trouve la mort au cours de la bataille. La prérogative royale est rétablie.

1265
Clément IV établit le droit du pape à disposer de tous les bénéfices ecclésiastiques.

1266-1274
Thomas d'Aquin compose sa *Somme de théologie*, à la fois exposé dogmatique (sous la forme de 90 questions) de la foi chrétienne centré sur le mystère de Dieu et fondé sur la méthode dialectique empruntée à Aristote, et traité de théologie morale. Condamnées en 1277 parmi les 219 propositions enseignées à Paris, les thèses thomistes constituent par la suite le fondement de la théologie chrétienne. Saint Thomas est canonisé en 1323.

1267
Édit de Marlborough. Édit de pacification incorporant la Grande Charte et les Provisions de Westminster.

1267
Roger Bacon, théologien franciscain, compose, à la demande du pape Clément IV, son *Opus majus*, tableau de l'organisation des sciences et vaste plan de réforme du système éducatif. Il estime que ni les maîtres ès lettres ni les théologiens n'accordent aux

sciences la place qui leur revient et préconise le recours à la méthode expérimentale. Il complète cet ouvrage en 1268 par son *Opus minus* et son *Opus tercium*.

1268
Bataille de Tagliacozzo. Conradin, fils de Conrad IV, est vaincu par Charles d'Anjou et exécuté à Naples. La dynastie des Staufen s'éteint et Charles d'Anjou se rend maître du royaume de Sicile.

1268
Le sultan mamelouk Baybars Ier s'empare d'Antioche, ce qui entraîne l'organisation de la huitième croisade.

1268
Concession de Péra aux Génois par l'empereur byzantin.

1269-1272
Seconde période d'enseignement de Thomas d'Aquin à Paris.

1270
Huitième croisade. Louis IX prend la croix. Le 25 août, il meurt du typhus près de Tunis. Une succession de miracles accompagne le transfert de ses ossements à Saint-Denis. Avènement de Philippe III le Hardi.

1270
Première mention d'une carte marine, d'origine génoise, en Méditerranée.

1270
Condamnation de Siger de Brabant et de l'averroïsme latin.

1270-1280
Le clerc parisien Jean de Meun (Jean Chopinel ou Clopinel) compose la seconde partie du *Roman de la Rose*. C'est elle, bien plus importante que la première, rédigée vers 1230 par Guillaume de Lorris, qui contribuera à la célébrité de l'œuvre, poème allégorique de 21 750 octosyllabes, dont nous sont parvenus plus de deux cent cinquante manuscrits. Le ton des deux parties est en outre profondément différent ; alors que la première partie s'apparente à un art d'aimer fidèle aux canons de la littérature courtoise, la seconde apparaît comme une satire empreinte de cynisme et de critique sociale

1271
Mort sans descendance d'Alphonse de Poitiers. Le comté de Toulouse est rattaché au domaine royal.

1271-1295
Voyage du Vénitien Marco Polo en Chine. Parvenu en 1275 à la cour du grand khan à Khanbalig (Pékin), il est chargé par le khan Kubilay (1260-1294) de missions en Chine, Cochinchine et jusqu'en Inde. En 1291, il est autorisé à prendre la route du retour.

1272
Alphonse X de Castille promulgue le *Libro de las siete partidas*, code juridique inspiré du droit romain qui affirme clairement la prééminence royale.

Apr. 1272

Cimabue peint à Florence le portrait de saint François d'Assise. L'œuvre s'éloigne de la tradition byzantine et influença Giotto.

1273

Rodolphe de Habsbourg est élu roi de Germanie. Fin du Grand Interrègne.

1274

Jeanne, héritière de la Navarre, est mariée à Philippe, héritier de la couronne de France.

1274

Union des Églises au deuxième concile de Lyon. Michel VIII Paléologue conclut avec le pape Grégoire X un accord plaçant l'Église orientale sous l'autorité pontificale. Conçu comme un moyen de dissuader Rome de diriger contre Byzance les forces de Charles d'Anjou, l'accord suscita une très vive opposition dans l'Empire, en particulier chez les moines. Il resta lettre morte.

1274

Mort de saint Thomas d'Aquin et de saint Bonaventure.

1276

Mort de Jacques Ier d'Aragon. Partage de ses États entre son fils aîné Pierre (Aragon, Catalogne, Valence) et son cadet Jacques, doté d'un « royaume de Majorque » rassemblant les Baléares, le Roussillon et la Cerdagne (avec Perpignan pour capitale).

1276

Représentation à Arras, lors de la fête de la confrérie des jongleurs, du *Jeu de la feuillée*, œuvre d'Adam de la Halle (ou Adam le Bossu), premier témoignage de théâtre profane français.

1277

Traité d'Aberconway. Au terme de plusieurs guerres, le chef gallois Llywelyn se reconnaît vassal de la couronne anglaise.

1277

Condamnation par l'évêque de Paris de 219 thèses « aristotéliciennes » de la théologie enseignée à l'université de Paris.

1277-1280

Cimabue dirige la première étape de la décoration de la basilique Saint-François à Assise. Giorgio Vasari le mettra en tête de ses biographies de peintres italiens, le présentant comme la « cause initiale du renouvellement de la peinture ».

1278

Première galère génoise en Angleterre.

1278

Rodolphe de Habsbourg défait à la bataille du Marchfeld le prince de Bohême Ottokar II et s'empare de l'Autriche et de la Styrie. Ces territoires serviront de base à la puissance des Habsbourg.

1278

Prise de Canton par le khan mongol Kubilay.

1280
Début de construction de la forteresse des chevaliers Teutoniques à Marienbourg.

1281
Les hanses (associations de marchands) de Cologne, Hambourg et Lübeck fusionnent pour former la Hanse teutonique.

1282
Vêpres siciliennes. Massacre des troupes françaises à Palerme. Appelé par les Siciliens révoltés, Pierre III d'Aragon (époux de Constance, fille de Manfred) se rend maître de la Sicile.

1282
Erik Klipping, roi du Danemark (1259-1286), est contraint par la Grande Charte de convoquer annuellement la « cour danoise », qui reçoit le pouvoir législatif.

1282-1321
Règne d'Étienne Miloutine en Serbie. Le royaume serbe connaît sa plus grande extension..

1283
Le pape Martin IV prononce l'excommunication de Pierre III et offre la couronne d'Aragon à l'un des fils de Philippe III. La direction de l'expédition, assimilée à une croisade, est confiée à Philippe III.

1283
Les Cortes de Barcelone forment une Union et arrachent au roi le privilège général en vertu duquel

toute loi doit désormais être soumise à leur approbation. Développement du pactisme catalan, d'après lequel les Cortes gouvernent avec le roi sur la base d'un contrat engageant les deux parties.

1283

Les chevaliers Teutoniques achèvent la conquête de la Prusse.

Vers 1283

Rédaction par Philippe de Rémi, sire de Beaumanoir, des *Coutumes de Beauvaisis*, un des plus anciens coutumiers français.

1284

Bataille de La Meloria. Les Génois anéantissent la flotte de Pise. La Corse, la Sardaigne et l'île d'Elbe deviennent génoises.

1284

Effondrement des voûtes du chœur de la cathédrale de Beauvais, élevées à 47 mètres de hauteur et achevées en 1272.

1285

Croisade d'Aragon. L'armée française met le siège devant Gérone, mais doit se replier. Philippe III meurt à Perpignan sur la route du retour.

1285-1314

Règne en France de Philippe IV le Bel. La politique royale s'oriente à l'est. Philippe IV tente de s'assurer le contrôle des derniers grands fiefs et multiplie les opérations de grignotage territorial aux dépens de l'Empire.

1289
Fondation de l'université de Montpellier.

1290
Dans l'ouest de l'Anatolie, formation d'un petit émirat turc indépendant par Osman Ier, qui règne jusqu'en 1326. Origine de la dynastie des Osmanli (Ottomans).

1291
Les trois cantons forestiers (Waldstätte) d'Uri, Schwyz et Unterwald se lient par un serment perpétuel. Acte de naissance de la Confédération helvétique.

1291
Prise de Saint-Jean-d'Acre par les Mamelouks. Fin de la présence latine en Palestine. Chypre, dont les Lusignan ont fait en 1197 un royaume, devient le principal centre de la présence occidentale en Orient.

1291-1327
Règne de Jacques II d'Aragon. Il réunit sous son autorité Aragon et Sicile. En 1296, il abandonne la couronne de Sicile à son frère cadet Frédéric, « roi de Trinacrie » (1296-1337).

1293
Promulgation à Florence des Ordonnances de justice. Le pouvoir est donné au *popolo grasso* dominé par les maîtres des sept arts majeurs.

1293
Composition du *Sefer ha-Zohar* (*Livre de la splendeur*), livre le plus connu de la Kabbale médiévale, courant de la mystique juive cherchant à appréhender le divin au moyen d'une interprétation symbolique du texte de la Bible et du contenu de la tradition. Né en Provence, le mouvement se développe en Espagne au XIIIe siècle avant de s'étendre à l'ensemble du monde juif.

1295
Début du conflit entre Philippe le Bel et Boniface VIII au sujet de la décime (bulle *Clericis laicos*).

1296-1298
Philippe le Bel occupe le duché de Guyenne, dont il a prononcé la confiscation sur son « vassal félon », Édouard Ier d'Angleterre.

1296-1304
Giotto peint les 28 fresques de la *Vie de saint François* à la basilique supérieure d'Assise.

1297
Édouard Ier d'Angleterre reconnaît les prérogatives financières du Parlement. Son règne (1272-1307) est marqué par l'émergence du Parlement, et la transformation du concept de représentation, qui fait passer progressivement le « conseil élargi » de la sphère féodale et administrative à la sphère politique. Le Parlement acquiert, à partir de 1295, sa structure définitive. Par son intermédiaire, un véritable dialogue s'instaure entre pouvoir royal et

société politique. Le roi reconnaît à l'aristocratie et aux communes un droit de consentement à la levée de nouveaux impôts et de taxes douanières.

1297

À Venise, la fermeture du Grand Conseil réserve l'exercice du pouvoir à un millier de personnes recrutées uniquement dans les familles ayant fourni des conseillers avant cette date.

1297

Canonisation de Louis IX (saint Louis).

1297-1300

Philippe le Bel occupe la Flandre à la suite de l'accord matrimonial conclu entre le comte Guy de Dampierre et Édouard Ier d'Angleterre.

1298

Livre des merveilles (ou *Devisement du monde* ou *Il Milione)*, de Marco Polo. Fait prisonnier par les Génois au cours de la bataille navale de Cuzorla, il aurait dicté en français dans sa prison le récit de ses expéditions en Chine à un compagnon de captivité, Rusticien de Pise. La critique pense aujourd'hui qu'il a au moins retouché son œuvre à sa sortie de prison et que, plus probablement, il a d'abord rédigé un texte en vénitien, dont dérive la version française. Plutôt qu'un itinéraire, l'ouvrage, divisé en 233 chapitres, est une description géographique de l'Orient et un inventaire admiratif de ses richesses (épices, soie, pierres précieuses), dont l'Europe est largement tributaire. Le tableau accueille largement mythes et légendes.

1301

Reprise du conflit entre Philippe le Bel et Boniface VIII. Affaire Bernard Saisset, évêque de Pamiers, que le roi a fait arrêter pour trahison. Bulle *Ausculta filii*, dans laquelle Boniface VIII rappelle au roi que, comme chrétien, il reste entièrement soumis à l'Église. Le pape convoque à Rome un synode d'évêques et de théologiens « pour la réforme du royaume et du roi ». Parfaite expression de la doctrine théocratique de la soumission du pouvoir temporel à l'Église.

1302

Mâtines de Bruges. Les métiers de Bruges se soulèvent et massacrent les troupes françaises. Révolte de la Flandre.

1302

Première réunion des états généraux en France (assemblée de clercs, nobles et représentants des villes) et première forme de représentation du peuple.

1302

Bulle *Unam sanctam*. Expression emblématique de la théocratie pontificale, selon laquelle les princes sont institués par le pape qui doit les juger (« être soumis au pontife romain demeure pour toute créature nécessité de salut »). Boniface VIII revendique la souveraineté universelle du pape.

1302
Les légistes de l'entourage de Philippe le Bel élaborent la formule « Le roi est empereur en son royaume » : affirmation de la pleine souveraineté royale.

1302
Bataille de Courtrai (bataille des Éperons d'or). Les milices communales de Flandre battent la chevalerie française.

1302-1305
Giotto peint les fresques de la chapelle des Scrovegni à Padoue (scènes de la *Vie de la Vierge* et de la *Passion du Christ*, *Jugement dernier*).

1303
Attentat d'Anagni. Philippe le Bel fait arrêter Boniface VIII. Mort de Boniface VIII.

1305
Élection pontificale de Clément V, qui refuse de se rendre à Rome pour sa consécration. Début de l'exil de la Papauté hors d'Italie.

1305
Paix d'Athis-sur-Orge. Le comte de Flandre récupère son fief ; il verse à titre d'amende une rente importante. La saisie des châtellenies de Lille, Douai et Béthune garantit l'exécution des clauses financières.

1306

Mort de Venceslas III de Bohême. Bohême et Moravie sont annexées à l'Empire.

1306

Expulsion des juifs du royaume de France.

1307

Arrestation des Templiers de France sur l'ordre de Philippe le Bel.

1308

Mort à Cologne du théologien écossais Duns Scot, qui a enseigné à Oxford, Cambridge et Paris (où il acquiert le grade de docteur en 1305). Ses œuvres les plus importantes sont deux commentaires suivis des *Sentences* de Pierre Lombard, l'*Œuvre d'Oxford* (*Opus oxionense*) et les *Reportations parisiennes* (*Reportata*). Dans ses commentaires sur l'œuvre d'Aristote, il manifeste une certaine réaction contre le primat de l'intellect et se montre plus proche d'Avicenne que d'Averroès. À ses yeux, Dieu est inintelligible à la pensée philosophique, parce que la raison humaine, dont les pouvoirs sont limités par les conséquences du péché originel, ne peut produire que du probable, et a besoin d'une lumière surnaturelle pour connaître certains mystères de la foi (Trinité, Incarnation).

1308

Disparition du sultanat seldjoukide de Rum. L'Anatolie se morcelle en principautés turques rivales.

1309

Jean de Joinville achève son *Livre des saintes paroles et des bons faits de notre roi Louis*, récit de la vie de saint Louis qui lui avait été demandé par Jeanne de Navarre et qu'il remet au roi Louis X.

1309

Le pape Clément V (Bertrand de Got) transfère le siège de la Papauté en Avignon.

1309-1378

Papauté d'Avignon.

1311

Premiers portulans (cartes marines indiquant la position des ports et le dessin des côtes).

1311-1312

Concile de Vienne. Suppression de l'ordre du Temple.

1311

Bataille d'Orchomène (ou du lac Copaïs). Le duché d'Athènes est conquis par la Grande Compagnie Catalane, armée de mercenaires livrés à eux-mêmes qui, après avoir été victorieux des Turcs, se sont retournés contre l'Empire byzantin et ont menacé Constantinople avant de se répandre dans les Balkans. Fondation du duché catalan d'Athènes.

1311-1321

Dante Alighieri (1265-1321), banni de Florence en 1302, écrit la *Divine Comédie*, récit d'un voyage allégorique effectué par l'auteur à travers les trois royaumes de l'Au-delà, l'Enfer, le Purgatoire et le

Paradis, où il est guidé par Virgile dans les deux premières étapes, par Béatrice et saint Bernard ensuite. Ce long poème (100 chants) décrit l'itinéraire du salut menant l'homme pêcheur de la forêt de l'enfer à la vision paradisiaque de Dieu. L'ouvrage promeut le dialecte florentin au rang de grande langue littéraire, autour de laquelle se fera l'unité linguistique de ce qui deviendra l'italien.

1312
Réunion de Lyon au royaume de France. L'archevêque se place « sous la protection, le ressort et la souveraineté du roi ».

1312
Le concile de Vienne prononce la condamnation des béguines pour cause d'hérésie ; il leur est reproché leur lecture en langue vulgaire de la Bible et les interprétations qu'elles en tirent. L'interdiction devient effective avec la promulgation du décret en 1317

1312-1313
De Monarchia de Dante, traité politique en trois livres démontrant le caractère providentiel et l'autonomie du pouvoir impérial.

1314
Première horloge publique en France, à Caen.

1314
Robert Bruce, couronné roi d'Écosse en 1306, inflige une écrasante défaite à la cavalerie d'Édouard II à Bannockburn. L'Écosse préserve son indépendance.

1314

Double élection impériale : Frédéric de Habsbourg, duc d'Autriche, et Louis de Bavière.

1315

À Morgarten, victoire des trois cantons suisses sur Léopold Ier d'Autriche. Début de la guerre d'indépendance (1315-1388) des cantons suisses qui se libèrent de la tutelle des Habsbourg.

1316

Mort de Raymond Lulle (1232-1316), mystique catalan, poète, théologien et philosophe, converti à l'âge de trente et un ans à la suite d'une quintuple vision du Christ crucifié. Le « Docteur illuminé » est d'abord le témoin éclairé des trois cultures (chrétienne, arabe et juive) cohabitant à Majorque, et qu'il rêve d'harmoniser. La réalisation d'un programme élaboré de missions domine toute sa vie, au cours de laquelle il ne cesse de voyager. Il compose deux cent soixante-huit œuvres en catalan (il est considéré comme le créateur du catalan comme langue littéraire), en occitan (poèmes), en arabe et en latin relevant de tous les genres littéraires et traitant de la totalité des questions abordées par ses contemporains. À ses yeux, la proclamation universelle de la foi chrétienne est la condition du salut individuel et de la paix dans le monde, mais c'est au moyen de la raison qu'il entend démontrer la vérité du dogme chrétien. Cette approche, ainsi que sa condition de laïc et sa curiosité pour les autres religions lui valent parfois l'incompréhension et la méfiance des autorités ecclésiastiques.

1316-1318
Lutte de Jean XXII contre les Spirituels ou Fraticelles défenseurs de l'*usus pauper* dans l'ordre franciscain. La bulle *Quorumdam exigit* assure que l'obéissance est plus importante que la pauvreté.

1318
Le franciscain Bernard Délicieux, chef des Spirituels, est arrêté, accusé d'hérésie et torturé. Il est condamné en 1320 à la dégradation et à la prison à vie.

1322-1323
Jean XXII publie *Ad conditorem canonum* et *Cum inter nonnullos*. Cette dernière bulle déclare hérétique la doctrine selon laquelle le Christ n'aurait rien possédé ; elle assure que le Christ comme les apôtres ont exercé le droit de propriété.

1316-1322
Règne en France de Philippe V le Long. Ayant obtenu de la fille de son prédécesseur Louis X qu'elle renonce à ses droits à la couronne, il crée le précédent qui écarte les femmes du trône de France. En 1317, l'assemblée de Paris déclare que « femme ne succède pas au royaume de France ».

1321
Mort de Dante.

1322
Louis IV de Bavière défait le duc d'Autriche Frédéric le Beau à la bataille de Mühldorf. Le pape Jean XXII refuse de le couronner empereur et l'excommunie.

1323
Conquête de la Sardaigne par le roi d'Aragon.

1324
Appel de Sachsenhausen. Louis de Bavière refuse au pape toute compétence dans l'élection impériale. Jean XXII réplique et déclare Louis de Bavière privé d'Empire.

1324
Le *Defensor Pacis*, œuvre de Marsile de Padoue et Jean de Jandun. Condamnation de l'augustinisme politique et de la théorie des deux glaives. Manifeste en faveur d'une totale laïcisation du pouvoir politique, qui refuse au pape toute autorité particulière dans la société civile, la hiérarchie ecclésiastique n'étant pas d'institution divine.

1324
Guillaume d'Ockam, franciscain anglais enseignant à Oxford et auteur d'un commentaire du *Livre des Sentences* de Pierre Lombard, où il professe un nominalisme radical (l'universel n'est pour lui qu'une catégorie de l'esprit et une abstraction, seul le singulier est réel et constitue un objet de connaissance), est convoqué par Jean XXII à Avignon sur la dénonciation du chancelier d'Oxford pour y répondre de cinquante de ses propositions. Il n'est pas

condamné pour hérésie ; il s'enfuit d'Avignon en 1328 et rejoint Louis IV de Bavière.

1325-1350

Règne personnel d'Alphonse XI en Castille. Longue lutte contre la haute noblesse, traditionnellement hostile à l'absolutisme royal, et les *hermandades* urbaines qui sont supprimées.

1325-1353

Né à Tanger en 1304, Ibn Battuta, l'un des plus grands voyageurs de l'histoire, parcourt le monde (près de 120 000 kilomètres en vingt-huit ans). Ses neuf voyages le conduisent de l'Afrique du Nord à l'Inde et la Chine, de la Russie méridionale aux pays du Niger et dans l'empire du Mali ; il visite en particulier la quasi-totalité du Dâr al-Îslam. Installé au Maroc en 1353, il dicte à un lettré, Ibn Djuzavy, sur l'ordre du souverain mérinide, son récit de voyage (*Rihla)*, achevé en 1356 sous le titre de *Cadeau précieux pour ceux qui considèrent les choses étranges des grandes villes et les merveilles des voyages*. Par la richesse de ses informations, révélatrices d'une réelle capacité d'observation, l'ouvrage fournit un tableau très précieux de l'Empire musulman au début du XIVe siècle.

Vers 1326

« État des paroisses et des feux » en France, qui correspond au premier recensement dans le royaume.

1326-1359

Règne en Anatolie du sultan Orkhan, fils d'Osman Ier. Il conquiert Brousse et en fait sa capitale. Véritable fondateur de l'État ottoman, il crée une armée de métier : les janissaires.

1327

Pétrarque (1304-1374), fils d'exilé florentin ayant suivi à Carpentras son père, notaire au service de la cour pontificale, regagne Avignon en 1326 après avoir fréquenté l'université de Bologne et entre au service de la famille Colonna. Le 6 avril 1327, il rencontre Laure de Noves dans l'église Sainte-Claire d'Avignon et lui voue aussitôt un amour passionné et idéalisé, mais non partagé. En 1336, il entreprend la rédaction du *Canzionere*, recueil de 336 poèmes qui parcourt l'histoire de son amour. L'ouvrage, qui allie les formes de la poésie antique à celle des troubadours (sonnets, chansons, ballades, madrigaux…) et exprime avec raffinement le lyrisme amoureux, exercera une influence considérable sur la poésie de la Renaissance, au point de donner le nom de pétrarquisme à un courant littéraire.

1328

Mort de Charles IV le Bel, dernier des Capétiens directs. Avènement de Philippe VI de Valois sur le trône de France.

1328

Guillaume d'Ockam fuit Avignon et rejoint l'empereur Louis IV. Dans *De imperatorum et pontificum potestate*, il remettra en question la primauté pontificale comme n'étant pas d'institution divine.

1328

Mort à Avignon de Maître Eckhart (Eckhart de Hochheim), théologien et prédicateur dominicain allemand, fondateur du mysticisme rhénan, qui apparaît comme une réaction contre la scolastique et la puissance temporelle de l'Église. Outre ses sermons (le texte de quatre-vingt-six d'entre eux a été conservé), son œuvre allemande comprend quatre traités.

1328

Louis de Bavière entre à Rome et se fait couronner par les autorités de la ville. Il désigne et couronne un antipape.

1329-1330

À Milan, Azzone, fils de Galeazzo Visconti et de Béatrice d'Este, se proclame seigneur perpétuel de la ville et achète à l'empereur le titre de vicaire impérial.

1329-1330

Giovanni Villani rédige sa *Cronica*, histoire de Florence qu'il poursuit jusqu'à l'époque contemporaine. Elle s'achève en 1346.

1330

Bataille de Kustendil. Par sa victoire sur les Bulgares alliés aux Byzantins, le roi des Serbes Étienne VIII

Decanski assure l'hégémonie de la Serbie dans les Balkans. La Bulgarie est réduite en vassalité.

1331-1338

Expansion florentine. Florence soumet Pistoia et Arezzo.

1331-1349

Apogée de la dynastie des Mérinides au Maroc sous le règne d'Abu al-Hasan.

1332-1406

Vie d'Ibn Khaldun. Né à Tunis dans une famille de hauts fonctionnaires d'origine andalouse, il a exercé de hautes charges dans les royaumes de Tunis, Fès et Tlemcen et a beaucoup voyagé en Espagne, ce qui lui a permis de connaître le fonctionnement des royaumes et la vie de cour. Il décide à quarante-trois ans de se retirer de la vie publique pour se consacrer à la littérature. Il entreprend la rédaction d'une histoire universelle, *Kitâb al-Ibâr* (*Le Livre des exemples*), dont les prolégomènes (*Mukaddima*) constituent un exposé sur la philosophie, l'histoire et le métier d'historien. Ibn Khaldun, dont l'œuvre fut redécouverte en Europe au XIXe siècle, est considéré comme le précurseur de la critique historique (il étudie en particulier les motivations et la dynamique du pouvoir et ses liens avec l'évolution des sociétés) et le fondateur de la sociologie. Il meurt au Caire en 1406.

1333
Début du règne de Casimir III le Grand (1333-1370), dernier souverain de la dynastie des Piast, restaurateur du royaume de Pologne après deux siècles d'anarchie féodale.

1334
Début des observants franciscains.

1334
Les autorités de Florence confient à Giotto la maîtrise des travaux du campanile et de la cathédrale. Il dresse les plans de l'élévation du campanile.

1334 -1342
Construction du palais des Papes en Avignon (le « Palais Vieux »).

1335
Extintion de la dynastie mongole des Ikhans d'Iran. Déclin de la puissance mongole.

1335
À Venise, le Conseil des Dix devient permanent.

1335-1339
Bulles de Benoît XII sur la réforme du monachisme ; elles comportent certains adoucissements concernant la nourriture carnée, incitent à la fréquentation des universités, et appellent à la lutte contre les violations les plus flagrantes de la pauvreté personnelle et de l'obéissance. Il s'agit de la dernière réforme entreprise au Moyen Âge au niveau général de l'Église.

1335-1341

Polémique à Constantinople au sujet de l'hésychasme (expériences mystiques des moines orthodoxes). Saint Grégoire Palamas, moine athonite, prend la défense de l'expérience hésychaste et écrit les *Triades pour la défense des saints hésychastes*. Sa doctrine est approuvée en 1341 au synode de Constantinople.

1337

Début de la guerre de Cent Ans, qui durera jusqu'en 1453. Au terme de multiples conflits concernant la Guyenne et la nature de l'hommage (simple ou lige) que son vassal doit lui prêter, le roi de France Philippe VI confisque le fief de Guyenne. Édouard III riposte en revendiquant, en tant que petit-fils de Philippe IV le Bel, ses droits à la couronne de France.

1338-1512

CHRONOLOGIE DU Moyen Âge

La période 1350-1500 est celle qui voit l'émergence de l'État moderne, où un pouvoir transpersonnel incarné dans la royauté s'efforce de réunir les moyens de sa politique et de sa puissance ; il exige la participation des sujets au fonctionnement de l'État et en définit les modes et les conditions. Ainsi se construit une communauté, sinon une nation, qui inscrit son identité dans un territoire et la reconnaissance d'un pouvoir. Le sentiment national naissant repose autant sur la conscience de cette identité que sur le rejet des autres, des communautés voisines. Mais les XIVe et XVe siècles sont aussi une époque de conflits : conflits entre les États qui s'enracinent souvent dans la liquidation de l'époque féodale, conflits politiques internes concernant la répartition du pouvoir et les rivalités qu'elle suscite, conflits sociaux touchant aux conditions et aux formes de la contribution des diverses catégories de la société, révoltes sociales nées de la conscience de l'injustice ou du manque d'attention du pouvoir.

De nouveaux partenaires de l'histoire politique apparaissent avec la bourgeoisie des villes. On assiste, en Italie surtout, au développement de véritables États urbains, dont la richesse repose sur l'activité artisanale ou commerciale ; ils conquièrent le plat pays environnant qui est bientôt réduit à n'être que l'appendice d'un pouvoir d'abord urbain.

Les débats et les prétentions concernant l'existence d'un pouvoir universel apparaissent comme des survivances archaïques. L'Empire n'est plus qu'une illusion et la Papauté elle-même est mise en cause lorsqu'elle va à l'encontre de l'affirmation de l'État tout-puissant. Elle est affaiblie par une longue crise institutionnelle qui réduit sa capacité d'innovation et semble limiter son autorité sur les esprits des fidèles à la simple transmission du message évangélique.

Au-delà de l'Europe latine, les deux grands événements sont la disparition de l'Empire byzantin, au terme d'une agonie de deux siècles, et le développement inexorable de l'Empire turc des Ottomans, un moment retardé par l'épopée de Tamerlan. Après avoir absorbé les restes de l'Empire byzantin, il s'étend en Europe.

L'époque est enfin marquée par l'ouverture vers d'autres mondes, dans un premier temps sous la forme d'expéditions terrestres et d'expériences individuelles en direction de l'Orient inconnu et fascinant, par la suite sous la forme d'expéditions navales nécessitant le soutien ou sollicitant l'initiative des gouvernements, qui finissent par entraîner le basculement vers l'Afrique et vers l'Atlantique de l'activité et du dynamisme des sociétés européennes.

1338
La diète de Francfort affirme que le roi des Romains peut être élu et entrer en possession de tous ses droits de roi et d'empereur sans intervention pontificale, celle-ci n'étant nécessaire que pour le couronnement et le port du titre impérial.

1338
À Sienne, Ambrogio Lorenzetti commence à peindre les fresques des *Effets du bon gouvernement* et du *Mauvais gouvernement* dans la salle de la Paix du Palais communal. Elles sont achevées en 1340.

1338
Venise effectue ses premières conquêtes sur la « Terre Ferme » (Trévise et Belluno).

1339
À Gênes, révolte des ouvriers de la soie et des marins des galères contre la noblesse. Le pouvoir est remis à un « doge populaire », Simon Boccanegra, chargé de ramener le calme. Les maîtres des métiers entrent dans le gouvernement de la République.

1340
Bataille du rio Salado. Alphonse XI de Castille met un terme aux tentatives des Mérinides de Fès pour reprendre pied en Espagne.

1340
Édouard III prend le titre de roi de France. La flotte française est détruite à la bataille de l'Écluse (avant-port de Bruges).

Vers 1340
Début de la reconstruction du palais des Doges à Venise.

1341
Pétrarque est couronné prince des poètes au Capitole (pour son poème épique *Africa*).

1341
Maîtres de l'Asie Mineure, les Turcs lancent leurs premiers raids en Thrace.

1341-1391
À Constantinople, règne de Jean V Paléologue. Pendant sa minorité, guerre civile entre les partisans de la régente et ceux de l'usurpateur Jean VI Cantacuzène qui parvient (1347) à se faire associer à l'Empire.

1342
À Rome, une révolte issue des couches modestes de la population aboutit à la mise en place d'un gouvernement de treize *boni homines* qui se substitue au Sénat. Cola di Rienzo est envoyé en Avignon pour demander au pape de mettre fin à la tyrannie de l'oligarchie patricienne et nobiliaire.

1342
Serge de Radonège fonde à 80 kilomètres au nord de Moscou une abbaye consacrée à la Trinité et située au « désert ». En 1356, il y instaure le cénobitisme dont la pratique est encore exceptionnelle en Russie. Le monastère de la Trinité-Saint-Serge devient un important foyer de culture et de peinture d'icônes.

1346
Bataille de Crécy. Édouard III écrase la chevalerie française. Première mention d'usage des canons.

1346
Le pape Clément VI et les électeurs allemands déposent l'empereur Louis IV de Bavière. Élection de Charles IV de Luxembourg (1346-1378).

1346
Ayant conquis la Macédoine, Étienne IX Dusan se proclame tsar des Serbes, des Grecs, des Bulgares et des Albanais. Il ceint la couronne impériale à Skoplje.

1347
Prise de Calais par Édouard III, qui y organise l'étape des laines anglaises pour la Flandre.

1347
Dictature à Rome de Cola di Rienzo qui se proclame tribun du peuple (« tribun auguste »). Son programme vise à ramener la paix. Pétrarque voit dans l'instauration d'une république romaine la réalisation de son rêve humaniste.

1347-1350
La Peste noire en Europe. Arrivée de Caffa, comptoir génois de la mer Noire, elle touche Messine, se répand en Italie et ravage toute l'Europe occidentale, où elle décime entre le tiers et la moitié de la population.

1348
Fondation de l'université de Prague.

1348-1353
Boccace, rentré à Florence en 1342 après un séjour à la cour angevine de Naples, compose le *Decameron*, recueil en prose de cent nouvelles contées en dix jours par dix personnages. Il y célèbre la jouissance sensuelle, compensation à la fugacité de l'existence terrestre. Inventeur de la nouvelle occidentale, Boccace est, avec Dante et Pétrarque, le fondateur de la littérature en langue italienne.

Vers 1349
Guillaume de Machaut, poète et musicien champenois (1300-1377), chanoine de Reims depuis 1340, compose sa *Messe Notre-Dame*, la plus ancienne messe conservée, qui traite de manière polyphonique (à quatre voix) les six pièces chantées de l'ordinaire de la messe.

1349-1369
Règne en Castille de Pierre Ier le Cruel. Il soumet la noblesse avec brutalité, fait exécuter les rebelles et néglige de réunir les Cortes.

Vers 1350
Naissance du mouvement des Flagellants (Europe centrale, Scandinavie, Angleterre, Italie).

1351-1355
Guerre civile à Byzance entre les empereurs Jean V Paléologue et Jean VI Cantacuzène.

1353
Fondation à Gallipoli du premier établissement ottoman en Europe.

1354
Traité de Mantes entre Jean II le Bon et Charles de Navarre (Charles le Mauvais), petit-fils de Louis X, qui a hérité en 1349 de sa mère Jeanne le royaume de Navarre et affiche des prétentions à la couronne de France.

1355
Chevauchée du Prince Noir, fils d'Édouard III, dans le sud-ouest de la France. Il ravage le Toulousain et incendie Carcassonne.

1356
Défaite française à la bataille de Poitiers. Jean le Bon est fait prisonnier par les Anglais et emmené en captivité à Londres.

1356
Réunion à Paris des états généraux de Languedoïl.

25 décembre 1356
Charles IV promulgue la Bulle d'Or fixant les règles d'élection du roi des Romains, candidat au

couronnement impérial. Il sera élu par un collège de sept princes : les archevêques de Cologne, Mayence et Trêves, le roi de Bohême, le margrave de Brandebourg, le duc de Saxe-Wittenberg et le comte palatin du Rhin.

1356
Début de la construction du pont Saint-Charles à Prague.

1356
Première diète générale des villes hanséatiques (*Hansetag*).

1357
Ordonnance de réforme du royaume en France.

1358
Meurtre des Maréchaux à Paris. Le dauphin Charles se proclame régent. Mort d'Étienne Marcel, prévôt des marchands de Paris depuis 1355, qui a soulevé Paris contre le Dauphin.

1358
Jacquerie en Île-de-France. Écrasés d'impôts, les paysans d'Île-de-France se soulèvent. Le mouvement s'étend au Beauvaisis, au Vexin, aux confins de la Normandie et à la Picardie.

1358
Fin de la domination mérinide en Ifriqiya. Repliés au Maroc, les Mérinides entrent en décadence.

1359
Création de la *Generalitat de Catalunya*. Pierre IV d'Aragon accepte de transformer la délégation temporaire des Cortes (*Diputaciò*) en un organisme permanent. Reconnaissance institutionnelle du particularisme catalan.

1359
Milan achève la soumission des villes de Lombardie (Pavie) et devient une principauté territoriale.

1360
Traités de Brétigny et de Calais. Édouard III renonce à la couronne de France en échange de la possession de Calais, du Ponthieu et d'une Grande Aquitaine représentant le tiers du royaume et incluant Poitou, Limousin, Quercy, Périgord et Bigorre. Jean le Bon renonce à toute souveraineté sur l'Aquitaine. La rançon du roi est fixée à quatre millions de couronnes (ou trois millions d'écus) et garantie par la livraison d'otages. Les clauses de renonciation ne seront jamais signées.

1360
Création du franc.

Vers 1360
Portrait anonyme (par Girard d'Orléans ?) du roi Jean le Bon, qui marque l'apparition de l'art du portrait en France.

Vers 1360
Construction de l'Alcazar de Séville. En partie réalisé par des musulmans de Grenade sur le modèle de l'Alhambra, il présente un exemple de style mudéjar.

1360-1368
Les Grandes Compagnies (troupes mercenaires licenciées) se répandent dans le royaume de France et se livrent au pillage.

1361
Mort du duc de Bourgogne Philippe de Rouvres. Le roi prend possession du duché tombé en déshérence.

1361
Prise d'Andrinople par le sultan ottoman Murad Ier, qui en fait sa capitale en 1365, signe des ambitions européennes des Ottomans.

1362-1370
Pontificat d'Urbain V (Guillaume de Grimoard) qui s'impose par son zèle réformateur.

1363
Philippe le Hardi, fils cadet du roi Jean le Bon, devient duc de Bourgogne. Il reçoit le duché en apanage.

1364
Mort à Londres du roi Jean le Bon.

1364-1380
Règne de Charles V en France.

1364
Bertrand Du Guesclin, petit noble breton formé au combat contre les routiers, bat Charles le Mauvais à Cocherel.

1366

Mort d'Étienne IX Dusan. Dislocation de l'Empire serbe.

1366-1369

Guerre civile en Castille entre Pierre Ier le Cruel et son demi-frère Henri de Trastamare, qui se proclame roi. Les Grandes Compagnies de Du Guesclin combattent aux côtés d'Henri de Trastamare, alors que des mercenaires anglais soutiennent Pierre le Cruel. Du Guesclin est fait prisonnier à la Najera en 1367.

1367

En deux campagnes (1351-1357 et 1358-1367) le cardinal Gilles Albornoz, ancien archevêque de Tolède, rétablit l'ordre dans les États pontificaux. Les *Constitutiones aegidianae* réorganisent l'administration des États de l'Église. Urbain V est de retour à Rome.

1368

Mariage de Jagellon, grand-duc de Lituanie, et d'Edwige de Pologne.

1368

Prise de Pékin par Tchou Yuanchang, à la faveur de troubles populaires. Il fonde la dynastie des Ming (1368-1644) qui se présente face à l'occupant mongol comme une dynastie nationale. Les Mongols sont repoussés vers les steppes du Nord.

1368
Le poète persan Hafiz (« celui qui connaît le Coran par cœur »), auteur de poésies lyriques d'inspiration amoureuse et mystique, réunit en un *diwan* l'ensemble de ses *ghazals*, forme de poésie iranienne qu'il a portée à un niveau de perfection sans égal. Son prestige s'étend à l'ensemble de l'Iran, où les princes s'efforcent de l'attacher à leur cour.

1369
Bataille de Montiel. Pierre le Cruel est vaincu et tué. Avènement en Castille de la dynastie des Trastamare.

1369
Reprise de la guerre franco-anglaise. Édouard III reprend le titre de roi de France.

1369
Mariage de Philippe le Hardi avec Marguerite, héritière du comté de Flandre.

1369-1375
Confiscation de l'Aquitaine par le roi Charles V. Reconquête française des territoires cédés à l'Angleterre par le traité de Brétigny. Victoires de Du Guesclin. Limousin, Poitou, Annis, Saintonge et Angoumois sont repris.

1369
L'empereur Jean V Paléologue, qui sollicite depuis plusieurs années le secours de la Papauté contre les Ottomans, se rend à Rome où il fait une profession de foi conforme au dogme catholique et reconnaît le pape comme chef de la chrétienté.

1370

Traité de Stralsund entre Valdemar IV, roi du Danemark, et la Hanse. La Hanse, qui regroupe plus de 150 villes d'Allemagne du Nord, des côtes de la Baltique et de Scandinavie, avec Lübeck pour capitale effective, est alors à son zénith. Elle dispose de trois comptoirs importants à Bergen (Norvège), Londres et Bruges.

1370

Du Guesclin est fait connétable « pour sa vaillance ».

1370

Tamerlan (Timour Lenk) (1336-1405), né dans une famille de princes turcs rattachée aux khans mongols, se rend maître de la Transoxiane. Il se donne pour objectif de reconstituer l'empire de Gengis Khan, dont il se pose en successeur. Il substitue la domination des Turcs à celle des Mongols.

1370

Jean Froissart entreprend la rédaction de ses *Chroniques de France, d'Angleterre et des pays voisins*, récit des guerres qui déchirent l'Europe au XIVe siècle. Son œuvre, nourrie par une documentation recueillie directement auprès des témoins et servie par un remarquable talent de conteur, est la source principale de l'histoire de la période.

1373

Charles V se rend maître du Poitou. Du Guesclin prend le contrôle de la Bretagne.

1373
Le pape autorise le commerce avec les infidèles.

1373
Tapisserie de *L'Apocalypse* du château d'Angers, tissée sur des cartons de Hennequin de Bruges pour le duc Louis Ier d'Anjou. Une des plus anciennes tapisseries médiévales.

1377
La Papauté est réinstallée à Rome. Fin de l'épisode avignonnais.

1377-1399
Règne de Richard II, petit-fils d'Édouard III. Mécontentement général en Angleterre, attisé par les défaites, la pression fiscale et les tensions sociales.

1377-1381
Guerre de Chioggia entre Gênes et Venise. Les Vénitiens comprennent que leur sécurité ne peut être assurée que par la conquête de la « Terre Ferme ».

1378
Confiscation de la Bretagne par Charles V.

1378
Tumulte des Ciompi à Florence. Révolte des petits métiers du textile, alors en pleine crise. Les révoltés gardent le pouvoir pendant quatre ans. Ils réclament des mesures aptes à permettre le maintien de leur activité.

1378-1417

Grand Schisme d'Occident. En 1378, double élection pontificale d'Urbain VI et de Clément VII, pape français qui vient s'établir en Avignon.

1379

John Wycliffe (vers 1335/1338-1384), universitaire d'Oxford, dont la réputation repose sur son attachement au « réalisme » contre les tenants du nominalisme de Guillaume d'Ockham et sur sa critique des privilèges ecclésiastiques (l'autorité du gouvernant n'est légitime que si elle est subordonnée à un état de grâce et non à la fonction dont il est investi) commence à enseigner des idées radicales sur l'eucharistie (il réfute la transsubstantiation).

1379

Révolte de Philippe Van Artevelde en Flandre.

1380

Bataille de Koulikovo. Dimitri Donskoï, Grand Prince de Moscou, remporte la première victoire russe sur les Mongols.

1380

La reine Jeanne de Naples adopte Louis d'Anjou, frère de Charles V.

1380

Mort de Du Guesclin devant Châteauneuf-de-Randon.

1380

Mort de Charles V. Avènement de Charles VI. Les ducs d'Anjou (Louis) et de Bourgogne (Philippe), oncles du roi, assurent la régence (1380-1388). Jean, duc de Berry, est nommé lieutenant général en Languedoc. Les conseillers de Charles V sont écartés.

1380-1390

Début de l'insurrection en Catalogne des paysans de *remensa*, qui demandent l'abolition des *malos usos*. Le mouvement se poursuit au XVe siècle.

1381

Révolte des Travailleurs (*Peasants' Revolt*) en Angleterre, conduite par Wat Tyler. Insurrection sociale des « communes » du Kent et de l'Essex devant la lourdeur de la fiscalité et la fréquence des injustices. Les rebelles, qui donnent à la révolte une tonalité fortement antinobiliaire, se rendent un moment maîtres de Londres.

1381

Mort de Jan Van Ruysbroeck, mystique belge, surnommé « l'Admirable », auteur de plusieurs ouvrages de spiritualité en langue flamande (*Les Noces spirituelles*, *Le Tabernacle spirituel*), où il raconte ses expériences. Curé de l'église bruxelloise de Sainte-Gudule, il se retire en 1343 avec quelques fidèles dans la forêt de Soignes où, pendant quarante ans, il partage son temps entre la prière et les entretiens spirituels.

1381-1393
Tamerlan conquiert l'Iran.

1381
Francesc Eiximenis, franciscain catalan (1327-1409), entreprend à Barcelone la rédaction d'une vaste encyclopédie théologique et morale en catalan, *Le Chrétien*, destinée à fournir toutes les connaissances utiles à des laïcs ignorant le latin. Elle était prévue en treize volumes, dont seuls quatre furent achevés. Le tome XII fut complété en 1386 à l'intention du conseil municipal de Valence sous le nom de *Gouvernement des princes et des communautés*. Eiximenis composa aussi une *Vie des anges*, une *Vie des femmes* et une *Vie de Jésus-Christ*.

1382
Annonce de la levée d'une aide et de la gabelle sur le sel. Révolte des Maillotins à Paris et de la Harelle à Rouen. Insurrection des Tuchins en Languedoc.

1382
Bataille de Roosebeke. Les révoltés flamands sont écrasés.

1382
Assassinat de Jeanne de Naples. Sa succession est disputée entre Louis d'Anjou, candidat du pape d'Avignon, qu'elle a adopté, et Charles Durazzo, roi de Hongrie, son plus proche parent, soutenu par Urbain VI.

1382

Condamnation de Wycliffe. L'archevêque de Canterbury instruit le procès de ses idées au synode des Blackfriars à Londres, qui condamne vingt-quatre propositions de sa doctrine. Ses disciples se rétractent ou s'enfuient. Lui-même n'est pas inquiété.

1382

Mort de Nicolas Oresme, évêque de Lisieux, philosophe et scientifique. Il a traduit en français, à la demande de Charles V, les œuvres d'Aristote, dont il a commenté le *Traité de l'âme*. Son apport est fondamental dans le domaine des sciences de la nature. Son *Traité de l'origine, nature, droits et mutations des monnaies* expose une théorie générale de la monnaie et montre combien les mutations décrétées par le pouvoir sont désastreuses pour la collectivité. Quatre de ses traités décrivent la mécanique céleste et les phénomènes atmosphériques (*Inter omnes impressiones*) et dénoncent les pratiques de l'astrologie judiciaire comme un atteinte à la toute-puissance divine.

1382-1384

Louis d'Anjou prend la tête d'une croisade « clémentine » (prêchée par le pape avignonnais Clément VII) dans le royaume de Naples. Il meurt avant d'avoir atteint Naples.

1384

Mort de Louis de Male, comte de Flandre. Philippe le Hardi recueille l'héritage de sa femme Marguerite (Flandre, Artois, Franche-Comté). Formation de la principauté bourguignonne.

1384
Mort de Wycliffe. On regroupe sous le nom de Lollards ses disciples qui formèrent les courants hétérodoxes contre lesquels fut créée l'inquisition anglaise en 1401 (statut *De heretico comburendo*).

1384
Mort de Gérard Grote, fondateur aux Pays-Bas des Frères de la vie commune, groupement de clercs et de laïcs qui ne font aucun vœu, mais qui se consacrent à l'étude des Écritures, à la pastorale et à l'enseignement. Les Frères de la vie commune sont considérés comme la première expression de la *devotio moderna*. L'œuvre principale du mouvement, *L'Imitation de Notre Seigneur Jésus-Christ*, est attribuée à Thomas a Kempis (1380-1471). L'ouvrage, qui connut un succès extraordinaire, est la traduction la plus parfaite d'une aspiration à mener une vie chrétienne accomplie accessible à tous.

1385
Bataille d'Aljubarrota. La victoire de Jean Ier le Grand sur les Castillans assure l'indépendance du Portugal sous la dynastie d'Aviz. La construction du monastère de Batalha est destinée à commémorer la victoire.

1385
Murad Ier s'empare de Sofia. La Bulgarie passe sous la domination ottomane.

1385
Charles VI épouse Isabeau de Bavière à Amiens.

1386

Union de la Pologne et de la Lituanie. Le grand-duc Jagellon reçoit le baptême et devient roi de Pologne.

1386

Contes de Canterbury, de Geoffroy Chaucer (vers 1346-1400), fils d'un négociant anglais, très lié à la cour royale et à l'entourage des Lancastre, devenu membre du Parlement en 1386. Inspirée du *Decaméron* de Boccace, mais profondément originale dans sa forme et la légèreté du ton, l'œuvre, associant sens de l'observation, réalisme et humour, est une évocation savoureuse de la société anglaise au XIVe siècle, mais aussi une peinture psychologique d'une période troublée. Écrite en anglais, elle marque l'entrée de l'Angleterre dans le champ de la littérature européenne. Chaucer est le premier poète enterré à l'abbaye de Westminster.

1387-1455

Vie de Fra Angelico.

1388

En France, Charles VI prend le pouvoir. Âgé de vingt ans, il congédie « ses chers oncles ». Arrivée au pouvoir des Marmousets, recrutés dans la petite noblesse, principalement normande et bretonne, que réunit la tradition du service de l'État plus qu'une hostilité envers les ducs.

1388-1411

Trêve entre la France et l'Angleterre.

1389
Bataille de Kossovo polje. Les Ottomans soumettent la Serbie.

1391
Grands pogroms en Castille et en Aragon.

5 août 1392
Folie de Charles VI dans la forêt du Mans. Le pouvoir revient aux membres de la famille du roi. Début de la lutte d'influence entre les Armagnacs (partisans du duc d'Orléans, frère du roi, et du dauphin, le futur Charles VII) et les Bourguignons (partisans du duc de Bourgogne Philippe le Hardi). Le duc de Bourbon est proche de Louis d'Orléans. Le duc de Berry et la reine, d'abord proches de la Bourgogne, se rapprochent de Louis d'Orléans vers 1402-1403.

1393
Prise de Bagdad par Tamerlan.

1394
Expulsion définitive des juifs du royaume de France. Une ordonnance royale met fin à leur « autorisation de séjour » en France.

1394
Le sultan ottoman Bayezid Ier met le siège devant Constantinople. L'invasion de Tamerlan, qui pille Bagdad et se dirige vers la Syrie, l'oblige à le lever en 1402.

1394-1460
Vie d'Henri le Navigateur, roi du Portugal.

1395

Jean-Galéas Visconti, seigneur de Milan, achète le titre de duc au roi des Romains.

1395-1418

Jean Gerson (1363-1429) chancelier de l'université de Paris. Il est animé par une double préoccupation : l'éducation chrétienne des différentes catégories sociales (qui s'exprime dans son activité de prédicateur, dans sa paroisse de Saint-Jean-en-Grève à Paris, puis après 1421 à Lyon, où il a trouvé refuge, la défense de l'orthodoxie et la réforme de l'Église (il participe activement à la solution du Schisme et, au concile de Constance, se montre partisan de la doctrine conciliaire). Ayant découvert en Flandre la *devotio moderna*, il écrit plusieurs ouvrages de théologie mystique, destinés tant aux étudiants (*De Theologia mystica*) qu'aux laïcs, comme ses propres sœurs (*La Montagne de contemplation*, traité d'initiation à la vie spirituelle).

1396

Trêve de Leulinghen ou Ardres entre la France et l'Angleterre. Conclue pour vingt-huit ans, elle est scellée par le projet de mariage de Richard II avec Isabelle, fille de Charles VI.

1396

Croisade de Nicopolis. Après la défaite des princes balkaniques devant l'armée de Murad Ier à Kosovo polje en 1389, le roi de Hongrie Sigismond prend l'initiative d'une croisade contre les Ottomans et fait appel à l'Occident. Une armée composée surtout de chevaliers bourguignons et français rejoint les troupes hongroises en juillet 1396. Le 25 septembre, les croisés subissent une défaite sévère en tentant de prendre la citadelle de Nicopolis.

1397
Création, à Florence, de la Banque des Médicis.

1397
Union de Kalmar réalisée par Marguerite Valdemarsdotter qui fait couronner son neveu Erik de Poméranie roi de Danemark, de Norvège et de Suède.

1398
Soustraction d'obédience. L'université de Paris, prétendant que le pape d'Avignon Benoît XIII avait porté atteinte à des libertés immémoriales en levant des subsides sur le clergé du royaume, se retire solennellement de l'obédience pontificale, tout en continuant de reconnaître l'autorité spirituelle du pape. Première manifestation du gallicanisme. La France invite les partisans de l'obédience rivale à l'imiter. En isolant les deux papes, elle pense les obliger à démissionner.

1398
Campagne de Tamerlan dans l'Inde du Nord. Il s'empare de Delhi et fait de Samarcande sa capitale pour y réaliser un vaste programme monumental, où la céramique occupe une place majeure : mausolées des membres de la famille impériale,

mosquée de Bibi Khanum, la plus vaste d'Asie centrale, érigée en 1404.

1398-1409

Gênes se place sous la souveraineté française.

1399

Fin de la dynastie des Plantagenêt en Angleterre. Richard II est renversé par Henri de Lancastre. Le roi emprisonné abdique et est assassiné. Henri de Lancastre revendique la couronne que lui laisse prendre le Parlement (29 septembre). L'avènement des Lancastre se fait dans l'ambiguïté, car Henri IV n'est pas le plus proche héritier de Richard.

1399

L'empereur byzantin Manuel II Paléologue parcourt l'Occident en quête de subsides et de troupes.

Vers 1400

Apogée de l'institution des Cortes en Castille. Réunissant les représentants des villes du royaume, elles jouent un rôle actif durant les minorités royales et lors de crises politiques. Les rois s'appuient sur elles contre les nobles et ont besoin de leur vote pour lever des subsides ou *servicios*.

Fin du XIVe siècle

Naissance de l'architecture ottomane. Construction de la Grande Mosquée de Bursa. Le mausolée de céramique verte de Mehmet Ier (*Yesil turbe*) est construit en 1421.

1402
Début de la prédication de Jan Hus en Bohême. Il prêche en langue tchèque dans la chapelle de Bethléem, chapelle des Tchèques de Prague. Il popularise les idées de Wycliffe, connues à Prague dès la fin du XIVe siècle.

1402
Bataille d'Ankara. Tamerlan écrase l'armée du sultan Bayezid qui est capturé. Des principautés indépendantes du pouvoir ottoman sont restaurées en Anatolie.

1403
Restitution d'obédience. La France reconnaît à nouveau l'autorité du pape Benoît XIII.

1404
Christine de Pisan écrit le *Livre des fais et bonnes mœurs du sage roy Charles V.* Elle est la première femme de lettres à vivre de sa plume, à savoir du mécénat princier. Ayant protesté contre la vogue de la seconde partie du *Roman de la Rose*, jugée trop misogyne, elle devient l'avocate de la cause féminine avec le *Livre de la cité des dames* et le *Livre des trois vertus* (1405).

1404
Mort de Philippe le Hardi. Son fils Jean sans Peur devient duc de Bourgogne.

1405
La reine Isabeau, Louis d'Orléans et Jean de Berry font alliance contre la Bourgogne.

1405
Mort de Tamerlan. Chah Rokh lui succède (1405-1447).

Apr. 1405
Activité d'Andreï Roublev (vers 1370-vers 1430), le plus grand peintre russe d'icônes. Il peint l'iconostase de l'église de l'Annonciation et contribue à la décoration de la cathédrale de la Dormition au Kremlin. Son œuvre la plus célèbre est la représentation de la Trinité où il rompt avec le hiératisme byzantin.

1406
Florence s'empare de Pise et gagne un débouché maritime.

1406
À Pékin, devenue en 1403 capitale des Ming, début de la construction de la Cité interdite, résidence impériale et centre politique de la Chine.

1407
Assassinat de Louis d'Orléans rue Barbette, à l'instigation de Jean sans Peur. Début de la guerre civile dans le royaume de France, qui oppose jusqu'en 1435 les Armagnacs aux Bourguignons.

1407
Fondation à Gênes de la Casa di San Giorgio, première banque publique d'Europe.

1408
Justification du meurtre de Louis d'Orléans par Jean Petit devant le Conseil du roi.

1409

Concile de Pise. Les Pères conciliaires déposent les deux papes alors en fonction et en élisent un autre, Alexandre V. Les deux papes déposés refusent de se démettre. Trois papes sont désormais en concurrence.

1410

Ligue de Gien. Formation du parti des Armagnacs, expression qui apparaît vers 1410 et qui traduit l'influence croissante du comte Bernard d'Armagnac, beau-père de Charles d'Orléans. Les Armagnacs puisent leurs forces dans la noblesse du centre et du sud du royaume, mais aussi dans le monde des financiers et des monétaires de Paris.

1410

Bataille de Tannenberg (Grünwald). Victoire du roi de Pologne Ladislas II Jagellon sur les chevaliers Teutoniques, dont la puissance est brisée.

1410

Mort du roi d'Aragon Martin Ier l'Humaniste. Il ne laisse pas d'héritier direct. Sept prétendants se disputent le trône.

1410

Sigismond, roi de Hongrie depuis 1387, est élu roi des Romains. Il gouverne l'Empire de 1410 à 1437, devient roi de Bohême en 1420 et est couronné empereur à Rome en 1433.

1410

Imago mundi de Pierre d'Ailly (1351-1420), encyclopédie géographique et cosmographique qui connaît une grande renommée auprès des navigateurs du XVe siècle (Christophe Colomb en fait une lecture annotée). Ancien aumônier de Charles VI et chancelier de l'université de Paris, Pierre d'Ailly fut nommé en 1397 évêque de Cambrai et joua un rôle important au concile de Pise en 1409 et, surtout, devenu cardinal en 1411, à celui de Constance. Dans ses nombreux ouvrages de philosophie et théologie, il se montre un partisan affirmé de la théorie conciliaire.

1411

Excommunication de Jan Hus.

1411

Reprise du conflit franco-anglais. Alliance entre les Bourguignons et Henri IV d'Angleterre.

1412

Charles VI lève l'oriflamme contre les Armagnacs.

1412

Compromis de Caspe. Une commission de neuf sages choisit comme roi d'Aragon le neveu de Martin Ier, Ferdinand d'Antequera, qui exerce depuis 1406 la régence du royaume de Castille. La dynastie des Trastamare monte sur le trône d'Aragon.

1413

États généraux à Paris. Émeute cabochienne (le « commun » de Paris, regroupé autour des puissants métiers des bouchers et des écorcheurs, dont l'un, Simon Caboche, a donné son nom au mouvement), encouragée par le parti bourguignon. L'ordonnance cabochienne, promulguée par le roi au cours d'un lit de justice tenu au Parlement, les 26 et 27 mai, constitue un véritable programme de réforme en 258 articles.

1414
Jeanne II succède à son frère Ladislas Durazzo comme reine de Naples. Vainqueur de Ladislas à Cassino en 1411, Louis II d'Anjou a regagné la France sans exploiter sa victoire.

1414
Henri V d'Angleterre revendique la couronne française et obtient du Parlement des subsides en vue de la reconquête des territoires perdus sur le continent.

1414-1418
Concile de Constance, réuni grâce à la détermination de l'empereur Sigismond. Il rassemble neuf cents évêques et trente-trois cardinaux. Pour la première fois de son histoire, l'Église est soumise à un gouvernement d'assemblée, où le vote s'effectue par nations. Mise en pratique de la théorie conciliaire. En 1417, le décret *Frequens* prévoit une réunion régulière de l'instance conciliaire.

1415
Le concile de Constance condamne Jan Hus à mourir sur le bûcher comme hérétique. Ses partisans forment une ligue hussite en Bohême, ses adversaires une ligue adverse en Moravie.

1415
Bataille d'Azincourt. Henri V anéantit l'armée française (qui perd des milliers d'hommes) et fait de nombreux prisonniers, dont Charles d'Orléans.

1415-1440
Captivité en Angleterre de Charles d'Orléans. Ce dernier entreprend une œuvre poétique qu'il poursuivra après sa libération dans ses châteaux du val de Loire. Elle réunit près de quatre cents rondeaux, environ deux cents chansons, une centaine de ballades, caroles et complaintes, dont il est difficile de reconstituer la chronologie. Si le thème principal en reste l'amour, l'œuvre prend un ton très personnel manifestant une réelle sensibilité empreinte d'une certaine mélancolie.

1415
Sigismond cède le Brandebourg à Frédéric de Hohenzollern. Origine de l'État prussien.

1415
La prise de Ceuta par les Portugais, sur le littoral marocain, inaugure les expéditions d'exploration des côtes occidentales de l'Afrique, qui se poursuivent jusqu'en 1487.

1416
Les *Très Riches Heures du duc de Berry*, manuscrit enluminé par les frères de Limbourg. Resté inachevé, le manuscrit sera achevé en 1486 par le peintre Jean Colombe. Depuis les années 1350, le *Livre d'Heures*, livre de dévotion privée réunissant

prières et séquences liturgiques, connaît une vogue considérable.

1417

Élection du pape Martin V (cardinal romain Otto Colonna) par le concile de Constance. Fin du Grand Schisme.

1418-1419

Henri V conquiert la Normandie. Il s'empare de Rouen en janvier 1419.

1418

Les Bourguignons pénètrent dans Paris. Les Armagnacs sont chassés. Le dauphin Charles se réfugie à Bourges et se proclame régent.

1419

Assassinat du duc de Bourgogne Jean sans Peur sur le pont de Montereau par les hommes du dauphin Charles. Philippe le Bon lui succède à la tête du duché.

Mai 1420

Traité de Troyes et instauration de la « double monarchie » franco-anglaise. Le dauphin Charles est déshérité. En mariant sa fille Catherine à Henri V d'Angleterre, Charles VI adopte celui-ci comme son fils et en fait son héritier.

1420-1431

Guerres hussites en Bohême. Quatre croisades sont menées depuis l'Allemagne.

1420-1434

Filippo Brunelleschi construit le dôme de la cathédrale Santa Maria del Fiore à Florence. Chef-d'œuvre attestant une parfaite maîtrise de la perspective et des techniques de construction.

1420-1440

Construction de la Ca' d'Oro sur le Grand Canal de Venise.

Vers 1420

Premières mentions de caravelles portugaises, navires à deux mâts dotés de voiles latines, instruments des explorations portugaises le long des côtes d'Afrique.

1421

La reine de Naples Jeanne II fait d'Alphonse V d'Aragon son héritier.

1422

Mort de Henri V, puis de Charles VI. L'union des deux couronnes de France et d'Angleterre se fait en la personne de Henri VI, âgé de neuf mois. La régence de la double monarchie est assurée par les deux frères du roi défunt, Jean de Bedford pour le royaume de France et Humphrey de Gloucester pour l'Angleterre. Le dauphin Charles se proclame roi de France sous le nom de Charles VII.

1422

Les Ottomans sous la conduite de Murad II réapparaissent sous les murs de Constantinople.

1423-1447
Quatre guerres en Lombardie opposent Milan à Florence et Venise.

1424
Bataille de Verneuil. L'armée écossaise, venue au secours des Armagnacs, est écrasée.

1425-1448
Règne de Jean VIII Paléologue. L'Empire byzantin est réduit à la capitale et à sa périphérie.

Apr. 1425
Essor de l'école flamande de peinture, sous l'impulsion de la cour de Bourgogne. Jan Van Eyck (vers 1390-1441), qui améliore la technique de la peinture à l'huile (Vasari lui en attribue même l'invention), devient le peintre officiel de Philippe le Bon.

1425-1452
Portes de bronze (dont la porte du Paradis) du baptistère de Florence, par Lorenzo Ghiberti.

1426-1427
Fresques de Masaccio dans la chapelle Brancaci de l'église Santa Maria del Carmine à Florence.

1428
Début du siège d'Orléans par les Anglais.

1428
L'Empire aztèque se constitue par la fédération des États de Tenochtitlán, Texcoco et Tlacopán.

1429
Entrée en scène de Jeanne d'Arc. Délivrance d'Orléans (8 mai). Bataille de Patay (18 juin). Jeanne rencontre le dauphin Charles à Chinon (8 mars) et délivre Reims, où Charles est sacré roi de France (17 juillet). Échec de Jeanne devant Paris (8 septembre).

1430-1440
Sous le règne de Pachacutec commence l'expansion de l'Empire inca, dont Cuzco est le centre symbolique.

1430-1431
Jeanne d'Arc est capturée par les Anglais devant Compiègne. Emprisonnée à Rouen, elle meurt sur le bûcher le 30 mai 1431.

1431
Sacre de Henri VI comme roi de France à Notre-Dame de Paris.

1431
Les Siamois s'emparent d'Angkor.

1431-1449
Concile de Bâle. Conflit entre le concile et le pape Eugène IV. Victoire du concile.

1432
Achèvement à Saint-Bavon de Gand du polyptyque de *L'Adoration de l'agneau mystique*, de Hubert et Jan Van Eyck, véritable traité théologique sur le thème de la Rédemption.

1433
Compactata d'Ihlava. Au terme de la guerre civile en Bohême, les Hussites et leurs adversaires parviennent à un compromis. Les Tchèques obtiennent l'autorisation de communier sous les deux espèces (utraquisme) partout où cela est déjà pratiqué.

1434
Cosme de Médicis, qui avait été banni en 1433 par l'oligarchie, est rappelé à Florence sous la pression du petit peuple de la ville. Sans modifier les institutions et sans revendiquer un titre spécial, il devient le seul maître de Florence dont il fait un État solide. Il conserve pendant trente ans la seigneurie sur la ville avec l'aide de ses partisans répartis dans les conseils.

1434
Portrait de *Giovanni Arnolfini et son épouse*, par Jan Van Eyck.

1435
Paix d'Arras. Réconciliation entre Charles VII et le duc de Bourgogne. Le roi Charles VII fait amende honorable et renie le meurtre de Jean sans Peur à Montereau. Il cède à Philippe le Bon l'Auxerrois, le Mâconnais et les territoires au nord de la Somme et délie le duc d'hommage envers sa seule personne. Le roi a dû s'humilier, mais le duc de Bourgogne n'est toujours qu'un prince territorial à l'intérieur du royaume de France. Fin de la lutte entre Armagnacs et Bourguignons. Début de la reconquête de la France par Charles VII.

1434
Le Portugais Gil Eanes double le cap Bojador et ouvre à ses compatriotes les routes du Sud.

1435
Mort de Jeanne II de Naples. La guerre s'engage entre ses deux fils adoptifs, Louis III d'Anjou (auquel succédera René) et Alphonse V d'Aragon.

1437
Entrée de Charles VII à Paris.

1437
Albert de Habsbourg, archiduc d'Autriche, gendre de Sigismond, est élu roi des Romains. Désormais et jusqu'en 1806, les princes électeurs respecteront de fait le principe héréditaire en élisant le roi des Romains dans la famille des Habsbourg.

Vers 1437
Invention de l'imprimerie (impression de textes sur du papier avec des caractères mobiles en métal à l'aide d'une presse à bras) par l'Allemand Gutenberg, orfèvre et fabricant de miroirs. La technique nouvelle apparaît d'abord dans la vallée du Rhin, à Strasbourg et Mayence, où Gutenberg produit ses premières éditions à partir de 1452. Ayant perdu un procès contre son commanditaire Johann Fust, il doit abandonner son matériel et est remplacé par son collaborateur, Peter Schöffer, qui signe en 1457 le célèbre *Psautier de Mayence*. En 1465, l'archevêque de Mayence anoblit Gutenberg. L'histoire associe son nom à l'une des plus grandes inventions de l'humanité.

1437-1445
Fresques de Fra Angelico au couvent San Marco de Florence.

1437
Le savant et théologien allemand Nicolas de Cues reçoit du « Père des lumières », sur le bateau qui le ramène de Constantinople, l'inspiration qui constituera la base de sa vision du monde et de l'homme. Dans son ouvrage *La Docte Ignorance*, il affirme que la terre est en mouvement et rejette le géocentrisme.

1438
Le roi René d'Anjou s'empare de Naples avec l'aide d'une coalition regroupant Gênes, Florence, Venise et la Papauté.

1438
Pragmatique sanction de Bourges, considérée comme la « grande charte de l'Église de France ». Le texte suit les directives du concile de Bâle et s'efforce de rétablir la situation antérieure à la venue de la Papauté en Avignon (supériorité du concile sur le pape, liberté des élections et des collations de bénéfices, abolition des annates et des impôts pontificaux, réglementation de la procédure d'appel).

1438-1439
Construction en Chine de la Grande Muraille intérieure.

1439
Schisme de Bâle. Élection de l'antipape Félix V (Amédée de Savoie).

1439
Jacques Cœur devient grand argentier de Charles VII.

1439
Concile de Florence. Pour obtenir le secours de la Papauté et conjurer la menace turque, l'empereur byzantin Jean VIII Paléologue accepte l'union des Églises grecque et romaine. Un accord se fait sur l'existence et la nature du purgatoire, sur l'usage indifféremment du pain fermenté ou du pain azyme pour la communion, sur la primauté du siège de Rome.

1440
La Praguerie. Charles VII étouffe une révolte des grands seigneurs, menée par le dauphin Louis.

Apr. 1440
Reconstruction de la ville de Cuzco, à la fois centre de l'Empire inca et sa représentation en miniature, par Pachacutec.

1443
Alphonse V le Magnanime s'empare de Naples d'où il chasse René d'Anjou et achève la conquête du royaume de Naples. Il rétablit l'unité entre Naples et la Sicile (rompue en 1282) et fonde le royaume des Deux-Siciles. L'expansion aragonaise en Méditerranée occidentale est à son apogée. Le roi réside presque en permanence à Naples, où il entretient une cour fastueuse. Le gouvernement de l'Aragon est laissé à la reine et à son frère Jean. L'absence du roi fortifie la fonction de lieutenant général et favo-

rise l'autonomie des diverses composantes de la confédération.

1443

Croisade de Jean Hunyadi. La pression ottomane sur la frontière hongroise et la menace sur Constantinople déclenchent une croisade réunissant Jean Hunyadi, voïvode de Transylvanie, Ladislas III Jagellon, roi de Pologne et de Hongrie, le prince de Valachie et le despote de Serbie. Le pape, Venise et la Bourgogne fournissent les vaisseaux nécessaires à l'expédition.

1443-1453

Construction à Bourges de l'hôtel Jacques-Cœur pour le grand argentier de Charles VII.

1444

Bataille de Varna. Le sultan ottoman Murad II écrase l'armée des croisés et achève la soumission des Balkans.

Vers 1444

Portrait de Charles VII par Jean Fouquet.

1445

Le marin portugais Nuño Tristão atteint l'embouchure du Sénégal, ouvrant la route vers Tombouctou.

1446

Début de la construction de la chapelle du King's College à Cambridge, de style gothique tardif.

1446-1492
Règne de Casimir Jagellon, grand-duc de Lituanie et roi de Pologne.

1447-1455
Pontificat de Nicolas V, premier pape humaniste et fondateur de la bibliothèque vaticane.

1447
Concordat de Francfort. La Papauté négocie des concordats avec les pouvoirs temporels afin d'éviter les conflits nés de ses interventions dans la vie du clergé.

1450
Bataille de Formigny. Charles VII reconquiert la Normandie.

1452
François Sforza évince les Visconti et devient duc de Milan.

1452-1459
Cycle des fresques de *L'Invention de la Croix* à l'abside de San Francesco d'Arezzo, réalisation majeure de Piero della Francesca (vers 1416-1492), dont l'œuvre, toujours préoccupée par les règles de la perspective géométrique et la recherche du point de fuite organisant la disposition des personnages, apparaît comme le summum de la recherche picturale au XVe siècle.

1453

Couronnement de la Vierge (musée de l'hospice de Villeneuve-lès-Avignon), par le peintre picard Enguerrand Quarton (1419-1469). Associant la tradition flamande aux innovations plastiques de l'art italien du XVe siècle dans une luminosité quasi irréelle, la peinture d'Enguerrand Quarton, dont la vie et la production restent mal connues, s'impose comme la plus remarquable expression de la sensibilité religieuse à la fin du Moyen Âge. La *Pietà* de Villeneuve-lès-Avignon, œuvre la plus célèbre de l'école d'Avignon, composée en 1455, lui est attribuée.

29 mai 1453

Prise de Constantinople par le sultan Mehmed II. La ville capitule après un siège de plusieurs semaines. Le dernier empereur byzantin, Constantin Dragasès, meurt sur les murs de sa capitale prise d'assaut. Fin de l'Empire byzantin. Émigration de nombreux grecs en Europe.

1453

Bataille de Castillon. La France reprend la Guyenne et la Gascogne. Fin de la guerre de Cent Ans. L'Angleterre conserve Calais jusqu'en 1558. Le conflit a développé l'hostilité réciproque entre Anglais et Français et, par contrecoup, favorisé dans les deux pays la naissance du sentiment national.

1453

Procès et condamnation de Jacques Cœur. Accusé de malversations, il est banni.

1454
Ordonnance de Montil-lès-Tours par laquelle Charles VII décide la fixation par écrit du droit coutumier

1454
Paix de Lodi entre Milan et Venise. Elle sera étendue en 1455 à Florence, Rome et Naples. Une alliance est conclue pour vingt-cinq ans sous le patronage du pape « pour la paix de l'Italie ».

1455
Bataille de Saint-Albans. Richard d'York et ses partisans s'emparent de Henri VI et l'obligent à lui restituer la régence.

1455-1485
Guerre des Deux-Roses opposant les deux branches de la famille royale, les Lancastre (rose rouge) et les York (rose blanche), pour la possession de la couronne anglaise.

1455-1458
Pontificat de Calixte III Borgia, qui fait du népotisme un rouage du gouvernement pontifical. Premier des Borgia, il donne à la Papauté du XVe siècle ses traits les plus funestes. Il nomme cardinaux deux de ses neveux et en nomme un troisième préfet de la Cité et vicaire de Terracine et Bénévent.

1456
Prise d'Athènes par les Ottomans.

1456
Sentence de réhabilitation de Jeanne d'Arc. Mort de Jacques Cœur à Chio.

Vers 1456
La Bataille de San Romano, série de tableaux du peintre florentin Paolo Uccello.

1457
Impression du *Psautier de Mayence* dans l'atelier de Gutenberg, considéré comme le premier livre imprimé.

1457
Mort de Lorenzo Valla, secrétaire du pape Nicolas V et fondateur de la science philologique par sa critique des textes de l'Écriture, sur la base d'une comparaison entre les versions des Septante et de la Vulgate.

1457
Livre du Cuer d'Amour épris, récit allégorique en prose de René Ier d'Anjou, « le bon roi René », comte de Provence et dernier souverain angevin du royaume de Naples.

1458
Les Aztèques dominent la quasi-totalité du Mexique central, de la côte du Golfe du Mexique à celle du Pacifique.

1458-1464
Pontificat de Pie II (Enea Silvio Piccolomini).

1458-1490
Mathias Corvin roi de Hongrie. Prestige de la cour de Budapest.

1459
Mort à Valence d'Ausiàs March, auteur de la première œuvre poétique en langue catalane.

1460
Les marins portugais atteignent le Cap-Vert.

1460
Batailles de Northampton et de Wakefield. Victoire, puis défaite de Richard d'York.

1460
Bulle *Exsecrabilis* de Pie II contre les appels à un concile. Condamnation de la doctrine conciliaire et échec de la révolution constitutionnelle qu'avaient opérée les pères du concile de Bâle.

1460
Conquête du Péloponnèse par les Ottomans.

Vers 1460
Apparition des premières montres, consécutive à l'invention du ressort à moteur en acier qui remplace les poids et poulies des pendules.

1461
Bataille de Towton. Le comte Édouard de March, fils de Richard d'York, oblige Henri VI et la reine Marguerite à s'enfuir. Il devient Édouard IV. La première phase de la guerre des Deux-Roses aboutit au remplacement des Lancastre par les York.

1461
Mort de Charles VII. Avènement de Louis XI (1461-1483).

1461-1469
Farce de maître Pathelin, comédie de 1 600 vers, d'auteur inconnu.

1462
Testament de François Villon (1431-1463), méditation mélancolique sur la vie, ponctuée de satire et d'autodérision, où transparaît la conscience douloureuse du pêcheur repentant. Étudiant parisien sans fortune, devenu maître ès arts au printemps 1452, Villon mène ensuite une vie agitée et dissolue et a de fréquents démêlés avec la justice. On perd sa trace au début de 1463 alors que sa condamnation à mort avait été commuée en dix années de bannissement.

1462-1505
Règne d'Ivan III, grand-duc de Moscou. Son mariage avec une princesse byzantine fait de Moscou l'héritière de Byzance (Troisième Rome).

1462-1472
Révolte et sécession de la Catalogne. Paysans de *remensa* et partisans de la *busca* (marchands et artisans barcelonais) révoltés contre le roi Jean II obtiennent le soutien de Louis XI. Jean II est victorieux, mais il doit accorder une amnistie et s'engage à respecter le pacte de 1283. Il passe les années suivantes à récupérer le Roussillon et la Cerdagne qui avaient été remis en gage à Louis XI.

1462

Fondation à Florence autour de Marsile Ficin d'une « Académie platonicienne ». Marsile Ficin (1433-1499), chanoine florentin, protégé des Médicis, s'oppose à l'aristotélisme en vogue dont il dénonce le matérialisme et le panthéisme et prône le retour au platonisme qu'il juge conciliable avec le christianisme. On lui doit la première traduction intégrale de l'œuvre du philosophe (publiée en 1484) et deux ouvrages où il exprime sa pensée philosophique (*Commentaire sur le* Banquet *de Platon*, 1469 ; *Theologia platonica*, 1474).

1464-1465

Guerre de la ligue du Bien public qui réunit la fine fleur de la haute aristocratie sous la direction du duc de Berry, frère et héritier du roi.

1465

Bataille de Montlhéry. Traités de Conflans (avec Charles le Téméraire) et de Saint-Maur (avec les Princes). Louis XI fait éclater la coalition au prix de concessions sur lesquelles il reviendra vite.

1466

Casimir Jagellon enlève la Poméranie et la Prusse occidentale aux chevaliers Teutoniques. L'État Teutonique, désormais réduit à la Prusse orientale, reconnaît la suzeraineté de la Pologne

1466

Mort de Cosme de Médicis. La direction de la banque familiale et de la seigneurie florentine passe à Pierre de Médicis (le Goutteux), puis en 1469 à Julien et Laurent.

1467
Mort de Philippe le Bon. Charles le Téméraire duc de Bourgogne. Début de la lutte entre Charles le Téméraire et Louis XI.

1468
Entrevue de Péronne entre Louis XI et Charles le Téméraire. Louis XI comprend que la politique du duc de Bourgogne vise à s'affranchir totalement du royaume.

1468
Mort de Skanderbeg. Les Ottomans annexent l'Albanie.

1469
Les Portugais commencent l'exploration des côtes du golfe de Guinée.

1469
Mariage d'Isabelle, héritière de Castille, et de Ferdinand, héritier de la couronne d'Aragon.

1469-1492
Gouvernement de Laurent le Magnifique à Florence. Il consolide la domination de la famille sur la ville sans modifier les structures du système républicain. Son hégémonie repose sur un réseau de liens avec les familles de l'oligarchie et le contrôle indirect de la vie politique.

1470
Restauration de Henri VI en Angleterre.

1471
Bataille de Tewkesbury. Édouard IV écrase l'armée lancastrienne. Henri VI est assassiné et son héritier est tué.

1472
Siège de Beauvais par Charles le Téméraire. Défense de la ville par Jeanne Hachette.

1472
Concordat d'Amboise. Ordonnance royale interprétant dans le sens le plus favorable au roi la bulle de Sixte IV du 13 octobre. Les causes concernant les bénéfices ecclésiastiques seront jugées en première instance dans le royaume. L'Église se trouve placée sous la double autorité du pape et du roi. Mécontentement des gallicans.

1472
Mort de Leon Battista Alberti, personnalité représentative de l'humanisme renaissant, esprit universel qui s'est intéressé à tous les domaines de la pensée et de la culture. Dans son traité d'architecture *De re aedificatoria* (1452), il développe une conception rationnelle et mathématique de la beauté et se soucie d'intégrer l'architecture monumentale dans un plan général d'urbanisme. Il dirige plusieurs chantiers de construction à Florence et Mantoue.

1473-1481
Construction de la chapelle Sixtine.

1474
Isabelle la Catholique devient reine de Castille.

1475
Traité de Picquigny entre Louis XI et Édouard IV. Le roi d'Angleterre, qui avait débarqué en Picardie à l'appel de Charles le Téméraire, répond aux offres de paix de Louis XI et promet sa neutralité dans le conflit opposant ce dernier à Charles le Téméraire. Les Anglais s'en repartent « apaisés et contents, sans avoir rien fait ».

1477
Bataille de Nancy. Mort de Charles le Téméraire. Sa fille, Marie de Bourgogne, épouse l'archiduc Maximilien d'Autriche.

1477
William Caxton publie à Westminster le premier livre imprimé en anglais.

1477
Tableau *Le Printemps*, de Botticelli.

1478
La paix de Zurich donne l'indépendance aux cantons suisses.

1478
Le pape Sixte IV met en place en Espagne une Inquisition ecclésiastique associée au pouvoir laïc. Elle vise les marranes (juifs convertis).

1478

Conspiration des Pazzi à Florence. Julien de Médicis est assassiné. Laurent exerce une vengeance implacable.

1479

Avènement de Ferdinand d'Aragon (1479-1516). Union des deux couronnes d'Aragon et de Castille, laissant subsister les deux royaumes avec leurs propres institutions.

1479

Bataille de Guinegatte. Louis XI tente de s'emparer de l'héritage bourguignon. Il est battu par Maximilien d'Autriche.

1480

Ivan III libère définitivement la Russie de la domination mongole ou tartare. Des îlots mongols subsistent : khanats de Crimée, de Kazan, d'Astrakhan et de Sibérie.

1481

Mise en place à Séville du premier tribunal de l'Inquisition, qui rend des sentences très dures. Le dominicain Torquemada est nommé inquisiteur en 1482.

1481

La Provence et le Maine sont rattachés au domaine royal à la mort de Charles II qui avait fait de Louis XI son héritier.

1481-1512

Règne du sultan ottoman Bayezid II. Il accède au pouvoir grâce à l'intervention des janissaires.

1482
Traité d'Arras. Les États bourguignons sont démembrés. Le duché de Bourgogne et la Picardie reviennent au roi de France, la Flandre et les Pays-Bas à l'archiduc d'Autriche Maximilien. L'Artois et la Franche-Comté forment la dot de Marguerite, fille de Marie de Bourgogne et de Maximilien, promise en mariage (elle n'a que deux ans) au dauphin. Si le mariage n'a pas lieu, les territoires devront être rendus.

1483
Mort de Louis XI. Avènement de Charles VIII.

1483
Le Portugais Diego Cão reconnaît l'embouchure du Zaïre et entre en relations avec le roi du Congo.

1483-1485
Règne de Richard III. Régent à la mort d'Édouard IV, Richard d'York se libère de ses neveux et se fait proclamer roi d'Angleterre sous le nom de Richard III.

1484
Réunion des états généraux à Tours. Affirmation de l'autorité monarchique.

1485
Bataille de Bosworth. Richard III est battu et tué par Henri Tudor.

1485-1509
Règne de Henri VII Tudor, dernier représentant des Lancastre. Il épouse Élisabeth d'York, fille

d'Édouard IV, restaurant ainsi l'unité dynastique. Fin de la guerre des Deux-Roses et début de la dynastie des Tudor.

1486

Sentence de Guadalupe. Disparition des *malos usos* en Catalogne. Les paysans de *remensa* obtiennent l'abolition du servage mais ils doivent racheter les *malos usos* et indemniser leur seigneur.

1487

Le Portugais Bartolomeu Dias franchit le cap de Bonne -Espérance. Le littoral occidental de l'Afrique a été reconnu et la route des Indes est ouverte.

1488

Début de la guerre de Bretagne. Bataille de Saint-Aubin-du-Cormier. Une armée française inflige une défaite sans appel à l'armée bretonne. Mort de François II, partisan de l'indépendance.

1489

Le pape Innocent VIII invite Charles VIII à intervenir à Naples et lui laisse espérer l'investiture du royaume napolitain.

1490

Lefèvre d'Étaples rédige l'*Introduction à la* Métaphysique *d'Aristote*.

Vers 1490

Arrivée des Portugais au Mozambique. Ils s'y établissent dans les ports, remontent le Zambèze et éliminent les Arabes de la région. Pero de Corvilha gagne les Indes à partir de la mer Rouge, puis séjourne en Éthiopie.

1491
Anne, duchesse de Bretagne, fille de François II, fait part de son projet d'épouser Maximilien d'Autriche. Charles VIII part à la conquête de la Bretagne. Prise de Nantes par les troupes françaises. Mariage de Charles VIII et d'Anne de Bretagne.

1492
Prise de Grenade, dernier vestige d'Al-Andalus, par les Rois Catholiques. Achèvement de la Reconquête chrétienne de la péninsule Ibérique.

1492
Découverte des Indes Occidentales (Amérique) par Christophe Colomb, marin génois entré au service de la Castille.

1492
Traité d'Étaples entre la France et l'Angleterre. Les troupes anglaises débarquées sur le continent rembarquent. Aucune paix formelle mettant un terme à la guerre de Cent Ans n'est signée entre les deux pays.

1492
Expulsion des juifs d'Espagne.

1492-1503
Pontificat d'Alexandre VI Borgia qui fait de son fils légitime, César Borgia, le chef de sa politique étrangère. Les traits qui caractérisent la Papauté depuis la

fin du Schisme se trouvent accentués : intrigues politiques, objectifs temporels, corruption, relâchement moral, préoccupations dynastiques.

1493

Second voyage de Christophe Colomb. Découverte des Petites Antilles.

1493

Bulle du pape Alexandre VI délimitant les domaines espagnol et portugais dans le Nouveau Monde.

1493-1525

Règne de Huayna Capac, qui donne sa plus grande extension à l'Empire inca, dont les limites septentrionales atteignent les frontières de la Colombie actuelle.

1493-1519

Règne de Maximilien Ier, empereur germanique. Il réunifie le patrimoine héréditaire des Habsbourg (actuelle Autriche) et le dote d'une administration centralisée. Par une politique matrimoniale habile, il prépare la prépondérance de la maison des Habsbourg en Europe. Il s'efforce de réformer l'Empire en le dotant d'institutions communes, mais la diète d'empire est en fait le seul lien institutionnel réunissant les trois cent cinquante principautés et États germaniques.

1493

La paix de Bâle consacre l'indépendance de fait de la Ligue des cantons suisses.

1494
Isabelle et Ferdinand reçoivent le titre de « Rois Catholiques ».

1494
Début des guerres d'Italie. Le roi Charles VIII (qui revendique la couronne de Naples en tant qu'héritier de la maison d'Anjou) conquiert le royaume de Naples.

1494
Le dominicain Savonarole, qui prêche depuis 1490 sur le thème du vrai chrétien et de la catastrophe imminente qui doit conduire l'Église à une vie nouvelle, chasse les Médicis de Florence et instaure une dictature spirituelle. Excommunié par Alexandre VI en 1497, il est condamné comme hérétique et schismatique et exécuté en 1498.

1494
Traité de Tordesillas entre les Rois Catholiques et Jean II de Portugal, précisant la ligne de démarcation entre leurs possessions dans le Nouveau Monde.

1494
Mort de Pic de la Mirandole, philosophe et humaniste italien, qui, après avoir vu treize de ses thèses condamnées par la Papauté, s'est installé à Florence sous la protection de Laurent de Médicis ; il y composa la majeure partie de son œuvre. Sa conception et sa revendication de la liberté de l'homme est un élément important de sa philosophie. L'*Oratio*

rédigée en 1486 et éditée après sa mort commence par un hymne à la dignité de l'homme, que le Créateur est le premier à reconnaître.

1495

Entrée triomphale de Charles VIII à Naples. Formation d'une coalition antifrançaise. Charles VIII force le passage vers le nord à la bataille de Fornoue et rétablit l'entente avec Milan au traité de Verceil.

1495

Léonard de Vinci (1452-1519) imagine plusieurs sortes de machines volantes.

1496-1499

Premières peintures de Léonard de Vinci : *La Cène*, *La Vierge et l'Enfant Jésus avec sainte Anne et saint Jean-Baptiste.*

1498

Philippe de Commynes (1446/1447-1511), flamand ayant mis ses talents de diplomate au service de Louis XI, dont il devient par la suite le principal conseiller, achève ses *Mémoires*, chronique des règnes de Louis XI et Charles VIII. Son admiration pour le roi qu'il a servi ne l'empêche pas de faire état de la réflexion que lui inspirent les événements et de porter des jugements ou des critiques. Il développe une philosophie politique originale.

1499

La Célestine, tragi-comédie de Fernando de Rojas, œuvre d'un grand pessimisme décrivant l'homme partagé entre le mal et le malheur.

Fin du XVe siècle
Début de la construction du palais de Topkapi, résidence des sultans ottomans, à Istanbul.

Fin du XVe-début du XVIe siècle
Naissance de l'art manuelin au Portugal.

1502
Expulsion des morisques de Castille. Un décret du 11 février leur donne jusqu'au 30 avril pour choisir entre le baptême et l'exil. Le culte musulman est interdit.

1512
La Navarre est rattachée au royaume de Castille.

CONCLUSION

La lecture de cette chronologie a montré que les racines de l'Europe actuelle sont médiévales, à la fois dans ses valeurs – les valeurs des Lumières sont bien souvent des valeurs chrétiennes laïcisées, et l'origine même de la laïcité est médiévale, c'est-à-dire, dans un premier temps, la non-intervention du pouvoir temporel sur le pouvoir spirituel et réciproquement – et dans ses structures politiques. La situation médiévale légitime les combats et les revendications de certains peuples. Par rapport à l'Antiquité, le Moyen Âge pourrait bien constituer la période moderne.

Cependant, le concept de Moyen Âge, son origine et son utilisation semblent récuser et minimiser cet héritage, voire nier l'apport du millénaire médiéval dans l'histoire de la civilisation. Le terme de Moyen Âge apparut en Italie à la Renaissance. Les humanistes italiens furent les premiers à reconnaître une unité à la longue période de mille ans qui les séparait de l'Antiquité romaine ; ils avaient le sentiment de vivre une profonde rupture avec la période immédiatement antérieure. Admirateurs des Anciens, ils rejetaient l'époque qui les séparait d'une Antiquité qu'ils prétendaient faire revivre. Le Moyen Âge leur apparaissait comme un hiatus, une transition, une parenthèse, une période intermédiaire qu'ils analysaient en des termes purement négatifs : sombre, violente, inculte, tyrannique, obscurantiste, hostile à l'épanouissement de l'individu, barbare – sens que perpétue l'expression anglaise *Dark Ages*. Pétrarque la stigmatise dès le XIVe siècle ; les humanistes du XVe, et en particulier Laurent Valla, rivalisent de critiques sur une époque qu'ils opposent à une Antiquité qui mérite toutes leurs louanges. Quant à la production artistique des siècles précédents, ils la condamnent sous le nom de « gothique ». L'expression « Moyen Âge » apparaît alors sous les formes *medium tempus* ou *media tempora*, que reprennent et développent les humanistes allemands du XVIIe siècle.

Ce discrédit de la période médiévale devait se perpétuer aux siècles suivants, nourrissant une compréhension cyclique de l'histoire, divisée en trois périodes ; il atteint son paroxysme au siècle des Lumières, où Voltaire voit dans la période médiévale le sommet de l'obscurantisme et de l'intolérance. Le cliché se fixe pour longtemps et est encore répandu aujourd'hui, ranimé au nom des valeurs de l'individualisme et de la liberté de pensée. Il existe un discours convenu, complaisamment diffusé par les médias, qui dénonce le Moyen Âge comme l'époque par excellence de la violence ; ne reculant pas devant les néologismes aussi hideux qu'inutiles, les journalistes qualifient avec indignation de « moyenâgeux » un crime particulièrement sordide ou un archaïsme désolant. Cette perception systématiquement négative est aussi invalide que ridicule, puisqu'elle consiste à porter un jugement de valeur implicite sur toute une période de l'histoire des hommes ; elle est d'ailleurs d'autant plus en porte à faux que l'époque contemporaine n'a rien à envier aux époques antérieures en fait de violence et d'ignominie et qu'elle coexiste avec un incontestable tropisme médiéval, une attirance croissante pour un Moyen Âge d'ailleurs passablement reconstruit et souvent présenté de manière idyllique.

La réhabilitation du Moyen Âge a débuté au XIXe siècle, à l'époque romantique, en Angleterre d'abord, puis en France et en Allemagne. La littérature a alors exhumé les héros légendaires du Moyen Âge, cependant que les mouvements nationaux redécouvraient dans la période les événements et les personnages fondateurs de leur identité, et que les mouvements politiques, tant traditionalistes que démocratiques, y puisaient des précédents et des justificatifs de leur combat. C'est en 1821 que fut fondée l'École des chartes, point de départ d'un intérêt nouveau pour les textes et les archives qui permettent d'écrire l'histoire de la période, tandis que les sociétés savantes se multipliaient, ressuscitant une histoire régionale oblitérée par le développement de l'État centralisé. Le Moyen Âge connaît aujourd'hui un grand succès éditorial, et les fêtes médiévales sont au cœur de l'animation « culturelle » de nombreuses communes. À l'université, la connaissance du Moyen Âge a été totalement renouvelée, d'abord dans les décennies antérieures par l'étude de la seigneurie et de la condition paysanne, plus récemment par de nouvelles approches, en

particulier anthropologiques. De nos jours, la période médiévale est, après la période contemporaine, celle qui attire le plus d'étudiants et suscite le plus grand nombre de recherches doctorales.
Il importe désormais de rendre au Moyen Âge la place qui lui revient dans l'histoire européenne et de le libérer des appréciations arbitraires et anachroniques entretenues par l'ignorance et le préjugé. Il est clair que la période occupe une place majeure dans l'histoire du développement des sociétés européennes ; elle correspond à un temps de progrès considérables, les plus importants qu'ait connus l'Europe avant l'époque contemporaine. Les changements fondamentaux intervenus aussi bien dans l'organisation politique que dans l'aménagement de l'espace et la transformation du paysage sont à l'origine directe de la situation à laquelle est parvenue l'Europe au milieu du XXe siècle ; Jacques Le Goff a pu parler à cet égard d'un « long Moyen Âge » qui se prolongerait jusqu'à la fin du XVIIIe siècle. Parmi les héritages du Moyen Âge qui gardent toute leur actualité, nous pouvons citer la carte politique de l'Europe. Il est remarquable que les transformations qui y ont été apportées, en particulier par le fait de la conquête ottomane, aient été oblitérées par les époques ultérieures. La plupart des États européens sont apparus alors ; la formation des nations, les clivages religieux et les frontières linguistiques sont des réalités médiévales. C'est également au Moyen Âge que s'est précisée la notion d'indépendance de l'État national et affirmée la marche vers la

séparation entre pouvoir spirituel et temporel. La construction de l'État moderne véhiculait en effet les germes de la laïcité, d'ailleurs également revendiquée par le pouvoir pontifical romain. La période médiévale représente aussi une étape décisive dans l'aménagement de l'espace. C'est à cette époque, à la faveur des grands défrichements, que se met en place le paysage rural qui resta celui des campagnes européennes jusque dans les années 1960. C'est encore au cours du Moyen Âge que s'instaure une répartition nouvelle de la population et que les villes prennent, à partir du XIIe siècle, un rôle décisif dans la conduite de la société. C'est à la faveur de la conquête de l'espace et du peuplement des villes que s'amorcent d'importants mouvements de populations. La période marque également une étape importante dans la libération de l'homme et le développement de ses initiatives créatrices. L'esclavage antique achève de disparaître avant l'an mil et libère l'énergie paysanne dans le cadre de l'exploitation individuelle. C'est au Moyen Âge enfin que s'est progressivement dégagée la figure de l'intellectuel, du penseur de profession dont la réflexion personnelle est la seule arme et la seule obligation. Les modes de pensée, les références culturelles, la soumission à la raison qui caractérisent la vie intellectuelle de l'Europe occidentale se mettent alors en place.

BIBLIOGRAPHIE

Dictionnaire du Moyen Âge. Littérature et philosophie, Paris, Encyclopædia universalis/Albin Michel, 1999

Nouvelle histoire de la France médiévale, Paris, Seuil, « Points Histoire », 5 vol.

Jean-Pierre Arrignon, *Les Églises slaves*, Paris, Desclée, 1991

Régis Boyer, *Les Vikings. Histoire et civilisation*, Paris, 1992

Jean-Pierre Delumeau et Isabelle Heullant-Donat, *L'Italie au Moyen Âge (ve-xve siècle)*, Hachette, « Carré Histoire », 2000

Georges Duby (dir.), *Histoire de la France*, t. I, *Naissance d'une nation des origines à 1348*, Paris, Larousse, 1987

Alain Ducellier, *Les Byzantins. Histoire et culture*, Paris, Seuil, « Points Histoire », 1996

Nikita Elisséeff, *L'Orient musulman au Moyen Âge (622-1260)*, Paris, Armand Colin, 1979

Claude Gauvard, Alain de Libera et Michel Zink (dir.), *Dictionnaire du Moyen Âge*, Paris, PUF, « Quadrige », 2002

Jean-Philippe Genet, *Le Monde au Moyen Âge*, Paris, Hachette, « Carré Histoire », 1991

—, *Les Îles Britanniques au Moyen Âge*, Paris, Hachette, « Carré Histoire », 2005

Jacques Le Goff, *Un Moyen Âge en images*, Paris, Hazan, 2000

Philippe Levillain (dir.), *Dictionnaire historique de la papauté*, Paris, Fayard, 1994

Jean-Marie Mayeur *et al.* (dir.), *Histoire du christianisme*, t. IV, V et VI, Paris, Desclée, 1990-1993

Lucien Musset, *Les Peuples scandinaves au Moyen Âge*, Paris, PUF, 1951

Michel Parisse, *L'Allemagne et l'Empire au Moyen Âge*, Paris, Hachette, « Carré Histoire », 2002

Adeline Rucquoi, *Histoire médiévale de la péninsule Ibérique*, Paris, Seuil, « Points Histoire », 1993

Michel Sot (dir.), *Histoire culturelle de la France*, t. I, *Le Moyen Âge*, Paris, Seuil, 1997

André Vauchez (dir.), *Dictionnaire encyclopédique du Moyen Âge*, Paris, Cerf, 1997

TABLE DES MATIÈRES

RÉALISATION : CURSIVES, PARIS
IMPRESSION : NORMANDIE ROTO IMPRESSION S.A.S À LONRAI
DÉPÔT LÉGAL : OCTOBRE 2007 N° 90958 (072603)
IMPRIMÉ EN FRANCE